魅丽文化 花火工作室

余生唯一的你

灭绝 著

江苏凤凰文艺出版社
JIANGSU PHOENIX LITERATURE AND ART PUBLISHING, LTD

图书在版编目（CIP）数据

余生唯一的你 / 灭绝著. -- 南京 : 江苏凤凰文艺出版社, 2018.5
ISBN 978-7-5594-1874-6

Ⅰ. ①余… Ⅱ. ①灭… Ⅲ. ①长篇小说－中国－当代 Ⅳ. ①I247.5

中国版本图书馆 CIP 数据核字（2018）第 071174 号

书　　名	余生唯一的你
作　　者	灭　绝
出版统筹	黄小初 邹立勋
选题策划	吴小波
责任编辑	胡小河 姚　丽
文字编辑	雷凤伶
责任监制	刘　巍 江伟明
出版发行	江苏凤凰文艺出版社
出版社地址	南京市中央路 165 号，邮编：210009
出版社网址	http://www.jswenyi.com
印　　刷	湖南新华精品印务有限公司
开　　本	880mm×1230mm　1/32
字　　数	184 千字
印　　张	9
版　　次	2018 年 5 月第 1 版，2018 年 5 月第 1 次印刷
标准书号	ISBN 978-7-5594-1874-6
定　　价	34.80 元

（江苏凤凰文艺版图书凡印刷、装订错误可随时向承印厂调换）

目　录

C O N T E N T S

第一章　年年有余　/001

第二章　惊喜　/021

第三章　噩梦　/043

第四章　阴魂不散　/064

第五章　生日会　/092

第六章　阴谋 OR 挑拨离间?　/119

目　录

C O N T E N T S

第七章　**补习班**　/150

第八章　**早恋风波**　/189

第九章　**真相大白**　/236

结局　/272

番外　/274

后记　/280

第一章
年年有余

[1]

对于十六岁的少女沈余来说，如果这世上有谁最讨人厌的话，那个人一定非言峥莫属！

言峥的父亲与沈余的父亲在同一个单位上班，两家住同一栋职工楼对门。两人不仅同年同月，甚至连生日都是同一天！这就注定沈余从一出生就被迫开启了噩梦循环模式，以至于她往后的人生里，天天都惨遭滑铁卢！

因为两人从幼儿园小学到初中都念同一所学校同一个班级，但凡她在学校有点风吹草动，老师就会派言峥这个资优生代表上她家报告情况，于是她总免不了被暴脾气的父亲胖揍的命运。虽然他一直不屑告家长，但是每次他把老师的话转达给她听的时候，她父母一定都会非常巧合地听到……久而久之，她的名声就给败坏了。至此，她就成了让人心酸的反面教材。

周围长辈们只要教训自家孩子，言峥一定是那个被学习的对象，而她则是被批斗的那一个。简直闻者伤心，见者流泪……

当她这个不求上进的反面教材碰上言峥那个品学兼优的正面教材，感觉人生除了你死我活，已经完全没其他办法了。

所以，中考报志愿的时候，沈余在得知言峥报考的是位于城东的江城一中后，果断选择了城西的高中。

志愿填完那会儿，沈余每天的心情都美美哒。

她天真地以为终于摆脱言峥这个噩梦，从此天天都是艳阳天。

谁知道，当高中录取通知书送到她手上那一刻，她整个人都崩溃了！因为，通知书上印着的分明是“江城第一中学”六个大字……

沈余的初中班主任是个胖胖的中年妇女，自打沈余中考一鸣惊人为她脸上增光后，她怎么看沈余怎么觉得顺眼。这会儿，她坐在办公室里，看着眼前小丫头一副眼珠子快要瞪出来的不可置信的表情，笑眯眯打趣道：“看这孩子，都激动傻了。快回去把这好消息告诉你父母，他们一定等着急了。”

沈余看了看班主任的笑脸，又看了看外头明晃晃的阳光，有种整个世界都不真实的感觉。她心一横，掐了一把自己的大腿，疼得差点当场飙泪：“老师，我怎么记得当初填的志愿不是这个学校啊？”

“这个你要好好感谢一下言峥同学，要不然你这么高的成绩去普通高中可太可惜……”

对方还没说完，怒火中烧的沈余已经抓着录取通知书一个箭步冲了出去。

妈呔，居然敢私下篡改她的志愿！是可忍，孰不可忍！今天不揍那个讨厌鬼一个生活不能自理，她愧对未来的灰暗人生啊！

怒气冲冲赶回家，沈余抡起拳头使劲砸某人家的铁门，完全忘记门铃的存在。砸了快一分钟，言家的大门没开，自己家的门反倒开了。

正准备出门打麻将的徐丽本来还以为外头发生了什么大事，见到罪魁祸首是自家女儿，秀眉皱了皱："沈余，你干什么呢？"

沈余磨牙："我找言峥。"

徐丽面无表情看着她："他们一家早上不是去亲戚家串门了？傍晚才会回来。你说你每天脑袋瓜到底装的什么？早上的事情现在就忘了！本来就不聪明还不努力，难怪从小到大各方面都比小峥差一大截！还不快点回去学习？"

面对突如其来的指责，沈余咬紧下唇，没说话。从小到大都是这样，只要话题一涉及言峥，她总会莫名成为被训斥的那一个！无论那理由有多荒唐。

"我出门了，饿了自己想办法。"徐丽瞥了一眼低着脑袋瓜不知在想什么的女儿，冷淡地丢下一句，踩着高跟鞋下了楼梯，从头到尾都没注意到女儿手上那张红彤彤的录取通知书。

沈余听着耳边渐行渐远的脚步声，下意识捏紧手中的录取通知书，走回自己家。

偌大的房子里冷冷清清的，她去厨房扫了一圈，果然没有发现任何开伙的痕迹，连泡面都没有。她撇撇嘴，转身走回自己房间，随手将通知书往旁边一扔，整个人摔进被窝里。

窗外阳光热辣，夏蝉在枝头聒噪地鸣叫，真是令人讨厌的一天……

傍晚时分，沈余被饿醒。

徐丽貌似还没回来，家里一派寂静。不过家里的大门没关，隔壁隐约传来女性的说笑声。

她刚走到言家大门口，就听到里头传来徐丽的笑声："明月，你们家小峥太优秀了！不仅高分上了重点高中，还拿了个省中考状元！听说分数超出第二名好多？哎呀，有个这么优秀的儿子，你跟老言两口子以后就等着享福吧！"

"我倒是一直希望能生个像小余那样聪明伶俐的女孩呢，哪像小峥那臭小子，一点都不贴心。对了，小余那边录取通知书拿到了吗？那孩子脑袋瓜聪明，上江城一中肯定也没什么问题。"

"怎么可能？要是能考上，录取通知书今天也该收到了。唉，难怪都说这女孩啊就是没有男孩聪明！听说那个全省中考总分第二名也是个男生吧？不过还是小峥最厉害……"

……门口的沈余听到这里，再也没有敲门进去的欲望，正准备离开，身后突然传来某个熟悉又讨人厌的声音——

"让一让。"

沈余垂在身侧的双拳紧了紧，转过身对上少年清俊又透着疏离表情的脸时，终究没能忍住，恶狠狠拽住对方的手，一言不发地拉着他朝楼下的小公园跑去。

此刻正值晚饭点，公园里几乎没什么人。夕阳的余晖洒下来，将两人的身影镀上一层金黄。

向来有轻微洁癖的言峥率先抽回自己的手，看着眼前脸色不好的少女，问："有事？"

沈余气愤地瞪着他："你凭什么修改我的志愿？"

"嗯？"言峥略微停顿了一两秒，这才答："不是我。"

沈余看到他单手插兜漫不经心的样子，气急败坏道："别想狡辩，我已经问过老师了！"

相较于沈余的反应，言峥显得一脸淡定："建议你回家问一下自己的父母。"

沈余深吸一口气，忍住想出手的冲动，说："好，就算不是你，那通知家长的时候，你为什么不告诉我？"

他扫了她一眼："我不记得我有这个义务。"

沈余当场气得眼睛都红了，口不择言吼道："王八蛋！没义务你管那么宽干什么？我想报考哪个学校是我自己的事，我的人生以后怎么样关你屁事啊？你有什么权力通知我父母？这是我们沈家的事，别以为我爸妈喜欢你就自以为是，我才是他们亲生的！请记住你姓言不姓沈！"她说着说着，从小到大因为眼前这个人所受到的委屈，再也抑制不住，泪水像开了闸的洪水，瞬间汹涌泛滥。

言峥看她泪流满面的狼狈样子，没说话，而是递了纸巾过去。

"不要你假好心！"沈余愤恨地推开他的手，转身就跑。

从小到大她最讨厌的，就是他这副永远置身事外的旁观者的模样！如果没有他，如果没有他，她的人生会不会过得稍微幸福一点点？

言峥独自静立在原地，看着那个跑远的倩影，微微蹙起了眉。等他重新走回自家楼下时，空气中一阵风吹过，他的头顶上方忽然就飘落下一些小纸屑。

他正准备随手拂去肩头的纸屑，突然被纸张上黑色的“沈余”二字吸引。他几乎是一瞬间就反应过来，迅速蹲下身将已经飘落在地面的碎纸片一张不落地捡了起来。

他走到三楼楼梯口的时候，徐丽刚好从他家走出来，见到他，一脸难掩的高兴：“哎呀，我们小峥回来啦？这外头怪闷热的，快点进屋去。改天来阿姨家吃饭，阿姨给你烧一桌好吃的，庆祝你考上江城一中！”

言峥礼貌地微笑致谢：“谢谢阿姨！”

徐丽脸上笑容愈发灿烂：“你这孩子就是有礼貌！哪里像我们家沈余，见着长辈都不打招呼，整天跟个野丫头似的见不到人影。那阿姨先回家煮饭，你沈叔叔快下班了。”

“阿姨再见。”言峥说完，走了几步，忽然停下来，喊住徐丽：“阿姨，其实沈余也考上了江城一中。”

徐丽听到这个消息点了下头表示知道了，反应很平淡，与听到言峥考了好成绩时相对比，简直有天壤之别。

言峥薄唇微动还想说些什么，终究还是选择了沉默。有些关系，并不是他三言两语就能轻易改变的……对面沈家大门边有一片浅色的衣角匆匆掠过，他微微垂下眉眼。那个家伙，恐怕，又要伤心了吧……

对于沈余考上江城一中这件事，沈氏夫妇均表现冷淡，绝口不提，反倒是在饭桌上热烈谈论着隔壁言家的儿子考了全省中考状元这件事。

沈余默默坐在一旁扒饭，耳旁那些笑声如刀，一下一下割得她心口疼。可是即便再疼，她也不能表露出一点坏情绪出来，因为那样一来，被训斥是小事，说不定连晚饭都甭想吃了。

然而当你的存在本身就是个错误时，无论你做什么都会是错的。

原本正在吃饭的沈平，看了饭桌上的女儿一眼，突然就拉下脸，手中的筷子重重拍在桌上，骂道：“整天吃饭板着一张死鱼脸，你是死了爸还是死了妈？看着就晦气，不想吃饭赶紧给老子滚！”

徐丽斜睨了丈夫一眼：“好端端的你又发什么疯？还能不能好好过日子了？”

“我发疯？”脾气暴躁的沈平直接将饭碗摔在桌上，“你看看你生的这个赔钱货女儿，天天拉着脸，就跟老子欠她钱没还一样……”

沈平还没说完，徐丽已经直接把手中的碗摔碎在地：“我一个人能生孩子是不是？还不都是你老沈家的种？自己不行能怪得了谁？生的是女孩你以为我愿意？当初如果不是你们老沈家一直求我生下来，老娘早就去医院了！”

沈平冷哼：“当年如果知道你肚子里是个赔钱货，你以为你还进得了老沈家的大门？”

“沈平你特么能不能要点脸？”徐丽气得直接扑过去抓丈夫的脸。你来我往，很快两人就形象全无地扭打在了一起，嘴里互相骂着攻击人的话语，完全没有半点读书人的斯文。地面上碗筷摔了一地，香喷喷的菜肴也都面目全非。

沈余没有回避，而是双手抱胸站在远处看热闹。这么多年下来，她闭着眼睛都可以背出两人吵架的内容，无非就是指责对方的缺点，彼此埋怨对方耽误自己，然后后悔这一段婚姻以及她的存在。简直毫无新意。

屋外的天一点点黑下来，吵累了打累了的夫妻俩一前一后摔上门离开了家。没有人施舍看她一眼，抑或压根就没人注意到她的存在。

她看着满地狼藉，满不在乎地扯了扯嘴角，然后如往常一样蹲下身开始收拾残局。

沈余，沈余，年年有余。人人都以为，她的名字来自这中国传统吉祥祈福最具代表性的语言。却没有人知道，所谓年年有余，不过是年年都很多余的意思。

[2]

时间悄无声息地流淌，转眼暑假就到了尾声。

相较于其他即将步入高中新生活的同龄人，沈余完全没有半点对新环境新生活的期待与喜悦。因为年少的人有做梦的权利，但也要知道什么时候梦该醒啊！

自打两周前父母知道她弄丢了录取通知书后，她每天的日常除了挨骂就是挨骂。言峥来敲门的时候，她刚刚因挨骂的时候回了一句嘴，然后被老沈同志甩了一个响亮的耳光。

言峥被沈氏夫妇热情迎进门，两人端茶削水果，脸上满是喜色，仿佛方才的怒火只是一场幻象。沈余没有回避，而是顶着脸颊上醒目的掌印，靠着墙壁冷眼旁观。

沙发上，言峥一脸歉意道："叔叔阿姨，我是来给沈余送录取通知书的。对不起，从学校帮忙领回来后，一直忘记交给沈余了。"

沈余闻言冷哼了声。送录取通知书？借口太瞎了吧？她的录取通知书早八百年前就被她撕成碎片扔了。只是还未等她辩驳，父母一边倒的夸赞声已经响了起来——

"哎呀，你这孩子道什么歉，应该沈余谢谢你才是！老师让你帮忙领通知书，那说明你这孩子办事情靠谱。如果通知书早早交到沈余手上，估计这会儿都不知道丢哪里去了。这么说来，前阵子她明明没收到通知书，却骗我们说通知书丢了……"

沈余听到父母捧高踩低的言论，对着空气翻了个不雅的白眼，转身就打算回房间，谁知一旁的言峥突然开口叫住了她。

沈余掏掏耳朵，没回头，语带不善："叫魂啊，我耳朵没聋！"

话音刚落，沈平的呵斥随之而来："还有没有规矩了？好好跟小峥说话！"

沈余忍着脸上火辣辣的疼，堆起一脸假笑，转身问朝自己走来的某人："言大状元，请问有何指教？没事的话，我就有多远滚多远了。”

“你的录取通知书。”言峥将手中用信封装好的通知书递过去，目光落在她被打的脸颊上，眸色深沉。

沈余懒得看他一眼，一把接过信封，当面打开。

等那张曾经被她撕碎扔下楼的录取通知书完好无缺在她眼皮底下摊开时，她瞬间愣住了。通知书上依稀还可以看出曾经碎裂的痕迹，那些痕迹一一见证她的伤心与难过，却也同时证明了另一个人的细心与耐心。

生平第一次，她面对着这个从小讨厌到大的少年，词穷在当场。她想破头都不明白他默不作声将通知书粘好再还给她的举动究竟有何深意。不过她对他十几年来积累的厌恶，让她最后选择用最恶劣的心思来揣度他。

她丢下“虚伪”二字评价，头也不回地走回房间，“啪”一声将房门甩上。

脾气与耐心都不好的沈平正要发火，所幸言峥及时开口转移了话题。

虽然趴在门边偷偷注意外头动静的沈余一点也不想承认，但言峥那讨厌鬼确实有几把刷子，简简单单几句话就逗得外头的两位长辈眉开眼笑忘了前事。

这种本领，她大概这辈子都学不来吧？

高一新生报到这天，天气格外得好。

沈余一边打哈欠一边背着书包站在楼下等言峥。丫的，想想就心理不平衡！她从早上六点就被父母从床上叫起来，理由是早点把东西准备好，别让言峥浪费时间等她。结果，这都七点多了，那货还在楼上慢条斯理地吃早餐！

她一催促，她家那对父母就训斥她时间还早着什么急，搞得她在楼上一秒钟都呆不下去，只好滚到楼下独自静静。幸亏还有温柔善解人意的言家妈妈以及慈祥的言家爸爸站在她这边，让她的坏心情好了不少。如果不是因为前一天，父母以她爱丢三落四为由，特意把她报名的学费交到了言峥手上，叮嘱他帮忙看管，她等他才有鬼呢！

其实有时候，她真的很怀疑自己是这对奇葩父母捡来的。可惜她长得与他们太过相像，所以她既不是捡来的，也没有神秘的身世，幻想破灭，她只不过是一个从小就不被父母喜爱的小孩罢了……

就在沈余等得耐心尽失，打算扯开嗓子对着大楼吼几把的时候，言峥推着单车缓缓出现。他穿着干净的白衬衫，阳光铺天盖地洒下来，他整个人像在发光。

沈余一时少女心发作，一不小心就看呆在原地。不过她很快就从敌人的糖衣炮弹中回过神，为了掩饰自己的举止，她装出一副恶声恶气的样子说："走快点，慢吞吞的干什么？以为自己在走 T 台秀啊？不知道浪费时间就等于谋杀吗？"

沈氏夫妇年轻的时候是出名的俊男美女，沈余的五官集齐父母的优点，甚至比父母更出彩。此时此刻，她束着马尾，穿着甚少会穿的白色连衣裙，露出如天鹅般纤细优美的脖颈，漂亮的眼睛故作凶狠地瞪着他，却怎么看都令人觉得可爱迷人。

言峥无声轻笑了下，下巴朝单车后座抬了抬，好心邀请："上来？"

沈余大概是心虚，以至于怎么看都觉得某人笑得饱含深意，于是她梗着脖子，气呼呼道："谁稀罕坐你的破车！"

她说完，也不搭理对方，径自朝前方大跨步而去。谁料，她才走了没几步，身旁突然一阵风影掠过，定睛一看，那个家伙居然骑上车自己先走了！

她等了他这么久，他居然就这么走了，而且还是携款私逃……

妈哒，果然这世上长得帅的人不一定心地善良，也有可能良心都被狗吃了！

江城市的高中开学时间都差不多，所以一大早市区就堵成了长龙。等沈余艰难地从公交车上挤下来，完好无损地站在江城一中的大门口时，时间已经过去一个小时。

学校里人山人海，到处是来报名的学生以及家长，沈余还在气言峥不等自己这件事，索性背着手独自在学校里瞎溜达，权当提前熟悉校园环境。

不过今天真的不适合逛校园，她这没走几步呢，就被撞到两次外加绊了一次脚。踉踉跄跄地站稳，正打算跟扶住自己的好心人道谢，一个温润的声音已经自她头顶上方响起："沈余？"

沈余赶紧抬头，只一眼就认出眼前这个带着温雅笑意的少年，正是自己美术培训班认识的偶像。她开心地笑起来：“裴禹师兄，你怎么也在这里？”

裴禹温和地朝她伸出手：“你好，学妹。”

素来不拘小节的沈余，一脸赧然地与对方握手：“没想到师兄你居然也是一中的学生？！缘分太惊人了！有师兄在，瞬间发现这所学校好像也没那么讨人厌嘛！”

沈余才说完，脑门上就轻轻挨了一下。裴禹笑容温柔又无奈地看着她：“大庭广众说这种话，小心走不出校园。”

沈余闻言迅速扫了眼周围，果然接收到好几对敌视的目光。她悄悄缩了缩脖子，惹来眼前之人的一阵轻笑。

“怎么一个人？报名手续都办好了吗？”

沈余摇头：“我先熟悉熟悉环境。”

“新生报名的窗口在另一边，我先带你过去吧。今天是第一天，报名的人很多，你抓紧时间，上午就把手续全部办好。”

“谢谢裴禹学长！”沈余跟在轻车熟路的裴禹身后来到公告栏寻找自己的名字。作为全省中考状元，言峥的名字毫无意外地出现在高一（1）班的榜首。

沈余看到言峥二字，下意识掉头就走，结果刚迈出步伐，就被一旁的裴禹给拉住了。他指了指倒数第三排上的名字：“去哪里？你被分在（1）班。”

“啊？不可能吧？！”沈余傻眼，坚决不相信这个事实。直到她反复确认了自己的姓名以及标注的初中的学校全名，终于悲伤地承认，她真的跟言峥那家伙分到同一个班了……简直晴天霹雳！

裴禹看她一副失魂落魄的表情，以为她是没跟熟人分到一个班级的缘故，于是出声宽慰："别担心，你看第一名这位也是你们学校的，想想有没有印象，说不定还是熟人。而且到了新环境自然而然就会认识一些新朋友，恰好我有个妹妹也跟你同班，有机会介绍你们两个认识。"

沈余长叹一口气，她跟那位何止是熟，简直是世仇好嘛！而且她的学费还在他身上，如果她不主动送上门去，估计那个冷血的家伙自己报完名就会直接走人吧。

裴禹见她皱着小脸苦哈哈的样子，无奈地摇摇头，正待开口，突然听到有人在喊自己。他抬起头看见来人，笑容瞬间温柔了几分："菲菲，报到的事情都弄好了吗？叔叔阿姨呢？"

沈余闻声望去，只见来者是一个与自己年龄相仿的女生，身穿粉色公主裙，戴着粉色发箍，五官明艳，下巴微扬，神情透着一股高傲，像个骄傲的公主。

菲菲看到沈余与裴禹站在一起的画面，怎么看怎么不开心。她目光不善地瞪了沈余一眼，然后径自走过去，一把挤开她，旁若无人地挽住裴禹的手臂："都搞定了，爸爸妈妈在校长办公室呢。裴禹哥哥你在这里看什么呀？我刚刚找了你很久，走得脚都痛了。"

裴禹摸摸她的头："先跟你介绍一个新同学，然后我再带你去休息。”他指了指沈余，“这位是我在美术培训班认识的一位师妹，叫沈余，正好与你同一班级。你们认识一下，以后好好相处。”

菲菲嫌弃地扫了沈余一眼，哼声道：“我才不要！”

裴禹看着菲菲，笑得宠溺又无奈：“沈余学妹，这位就是我刚才跟你提过的妹妹罗菲儿。她从小就被我们宠坏了，嘴硬心软，还请你以后多包容多照顾她一下。”

沈余虽然对罗菲儿没什么好感，但好歹以后是同学，所以她还是很友好地点了点头。

罗菲儿没理她，径自对着裴禹撒娇：“哎呀裴禹哥哥，我的脚要痛死了。我们快点找个地方休息一下嘛！”

裴禹满怀歉意地对沈余笑笑：“抱歉，没办法陪你一起去注册了。如果有不懂的就咨询一下旁人，那晚点再见。”

沈余“再见”二字还未说出口，裴禹已经被罗菲儿拉走了。

校园内，满目人潮涌动，她独自站在原地，望着已经不见踪影的男女，轻轻呼了一口气。无论再怎么样惊喜的相遇，终究还是会回到最初的啊！

[3]

“请高一（1）班新生沈余同学速到教导主任办公室报到……请高一（1）班新生沈余同学速到教导主任办公室报到……”原本在介绍一中历史的广播，突然传来一则插播，而且还连续重复了好几遍。

沈余是在广播播了第四遍，才反应过来里头说的人是自己的。满头雾水的她只好心怀忐忑地找人询问了教导主任办公室的位置，然后撒腿朝目的地奔去。

等她气喘吁吁爬到六楼，敲开办公室的门一看，整张脸瞬间黑了。他喵的，言峥那个讨厌鬼居然坐在沙发上享受着冷气，还喝着主任亲自给倒的茶！同人不同命啊这是！

教导主任是个体形偏胖、戴着眼镜的光头大叔，一见到沈余，立即热情招手让她进门，顺手也给她倒了杯茶："沈余同学啊，你哥哥言峥刚刚已经帮你报完名了，你现在只要把材料补交一下就完事儿了。"

她哥哥？只听出这句重点的沈余下意识瞪向身旁的言某人，正准备质问。谁料一向以高冷面目示人的言峥突然唇角微扬，朝她露出一个和煦的微笑："小余妹妹，发什么呆？把材料拿出来。"

妈呀，吓死宝宝了。沈余被这突如其来的画风吓得手一抖，茶水倒了自己一身。幸好书包里的报名材料没遭殃，她这会儿也顾不得跟言峥算账，赶紧把材料全部上交给了教导主任。

东西一交，言峥拉着她一起告退。

走廊里，沈余一拿到自己的报名回执单以及学校分发的校服，立即甩开他的手，开始秋后算账："喂，谁是你妹？臭不要脸的！还有，为什么通过广播叫我？不知道人怕出名猪怕壮吗？你就不会在报名处等我吗？”

言峥眉梢微挑：“早上貌似有人告诉我，浪费时间等于谋杀。”

“……”沈余被堵得哑口无言。她觉得自己要是再跟这家伙多呆上一秒，肯定会被气死。反正正事儿已经办完，大路朝天各走一边好了。

她当机立断，深吸一口气，以百米冲刺的速度越过前方的言峥朝楼梯方向一口气跑了下去。等她上气不接下气抵达一楼，恰好看到言某人慢条斯理地从电梯里走了出来。

她一口老血当场喷出来：“言峥你个大浑蛋！有电梯你怎么不提醒我？”

他斜睨了她一眼，无辜道：“哦，还以为你喜欢锻炼身体。”

沈余卒。跟这个家伙交锋，她永远讨不到好。

高一新生的报名时间一共两天，第三天才正式开学。所以这会儿，已经搞定所有事宜的两人可以回家了。

只是沈余越想越觉得不甘心，凭什么被气到的那个总是自己啊？她当下心生一计，亦步亦趋跟紧去车棚的言某人。本以为这家伙好歹会装装样子邀请自己上车，结果他踩上单车就打算离开，简直没人性！

她一把拉住车后座，凶巴巴道：“载我回家！”

言峥微侧过身子：“理由？”

她厚着脸皮坐上后座，嚷道：“顺路不行啊！”

言峥抿唇思考了几秒，拒绝了她的请求："建议你走路回去比较好。"

她脑袋一抽，脱口问："为什么？"

言峥难得好心替她答疑解惑："有助于锻炼身体。"

大概是他的表情太过认真，沈余好一会儿才反应过来自己被对方耍了。她咬牙切齿地拽紧对方的白色衣角："你不载我回家，我回去就告诉言妈妈你欺负我！不仅如此，我还天天去你家蹭饭，等开学了我还要把你在幼儿园汇演上男扮女装的照片贴公告栏上！以后上学我还天天烦着你……"

威胁的话语还未说完，前座的某人突然一踩踏板，紧接着整辆车子箭一样向学校大门口冲去。没坐稳的沈余惊得叫起来，两手反射性抱住某人的腰肢。

白云在天上游走，沿途倒退的树影在舞动，汽笛声声宛如动人的音符。单车后座恶声恶气批判白衣少年行径无耻的少女，丝毫没发现对方不同以往的青春飞扬的温柔眉眼。

不久之后，旁侧的车道的黑色私家车里，原本正开着玻璃窗看着窗外的罗菲儿，突然指着某处叫了起来："裴禹哥哥你看，那个女生好像是你那个什么画画的师妹哦！"

裴禹顺着她手指的方向看过去，看到坐在单车后座笑得像个精灵的白裙少女，不自觉也被那笑意感染："原来是沈余啊！"

罗菲儿目光紧盯那个骑着车的白衣少年："裴禹哥哥，你知不知道那个载她的男生是谁？我之前中考准考证掉了，就是他帮我捡到的！”

“哦？那还真是有缘。不如等开学我们问问沈余关于对方的信息，再好好谢谢他。”

“可是离开学还有好久，我想快点知道……裴禹哥哥你会帮我的对不对？”

裴禹点点头，笑容宠溺而温柔。九月的风轻快地扑来，没有人发现，这场未知的旅程早已无声拉开了序幕。

第二章

惊喜

[1]

沈余接到裴禹突如其来的电话邀约时，整个人被一种叫惊喜的感觉击中，就仿佛霎时拥抱了云，美好得不真实。

这种感觉一直持续到第二天早上，她在窗口看到对方如约出现在楼下，陷在柔软云端的双脚才终于稳当落地。

在一阵翻箱倒柜之后，沈余终于选好今天穿的衣服。临出门前，想起裴禹曾说过自己的头发好看，她又跑回去把绑起来的头发放了下来，接着又对着镜子照了好一会儿。

客厅上的时钟刚指向早上八点整，她赶忙心急火燎地带上画板冲出了房子。谁料刚拉开铁门，就对上自家门口那张凭空冒出的放大俊颜，没有防备的她差点没吓得坐在地板上。

眼前皮肤白皙长得比女生还好看的少年眼明手快拉了她一把，然后又迅速收回手，好像她身上有什么脏东西似的。

沈余不想再吐槽对方的洁癖，只是烦躁地看着眼前整个夏天过去都没变黑的家伙："知不知道人吓人吓死人啊？你没事不回自己家，站我家门口干吗？我还以为……"

言峥微微挑眉："以为我跟你心有灵犀？"

沈余闻言当场吐血三升。心有灵犀你个毛线球啊，她刚刚是以为自己见鬼了好吗？妈哒，这么一本正经地胡说，只有眼前这个家伙做得出来！她急躁地抓了抓自己的头发，问："你到底什么事啊？"

言峥将手中的两个礼品袋塞她怀里，言简意赅："特产。"

"啊？"一直忽略了言峥手中袋子的沈余，明显愣了愣。疑惑的话语还没说出口，眼前颜好腿长个子高的少年已经转身走开。

沈余看着他的背影，忽然发现一件悲伤的事情，短短一个暑假的时间，这家伙好像又长高了！

她愤愤地对着他的背影扮了个鬼脸，将礼品袋往屋里一放，大门一锁，火速下楼。轻盈的步伐刚刚落在第六级台阶上，身后突然传来一个熟悉的声音："沈余——"

她反射性回头，原本已经回自己家的少年不知何时又站在了楼梯口："干吗？"

站在高处的言峥目光掠过少女身上的白裙子，万年高冷的神色，隐约闪过一丝不易察觉的不自然："建议你今天暂时别出门。"

"呵，呵，要你管！"沈余用看神经病一样的眼神瞅了他一眼，挥一挥衣袖，留下一个放荡不羁的背影。

等沈余跑到楼下的时候，裴禹已经等了她好几分钟。他手扶单车笔直站在那里，脸上是永远谦和温柔的笑容。

沈余忽然就想起几年前初次遇见他的那个寒冬，他也如此刻这般，脸上噙着和煦得足以令冰雪都融化的微笑，朝摔滚在马路上的她伸出了手。那一瞬，她的世界大雪骤霁。时至今日，她忆起那个场景，仍能感受到当初的心跳声。

“对不起，让裴禹师兄你等了这么久。都怪我家被窝太黏人，所以一不小心就起来晚了。今天天这么热，为了表示歉意，等会儿我请你喝汽水吧？”沈余边忐忑道歉边在心里自我批评。第一次受邀就迟到，自己实在太过分了！让谁等，也不能让自己的偶像等啊！

裴禹听到她关于迟到的解释明显愣了一下，随后笑道：“没关系，是我来早了。”

沈余看到他的笑，小脸顿时有些窘迫。她觉得自己可能跟言峥相处久了，耳濡目染学会了他那个一本正经胡说八道的技能。

阳光铺天盖地洒下来，落在眼前粉衣白裙的少女身上，有种动人心弦的美。

裴禹目光微闪，脸上神情却未变：“走吧，我载你。”

沈余觉得终于到自己表现的时刻，于是大手一挥，连声拒绝：“不用不用，怎么能让师兄你载我呢？还是我来载你吧！你别看我瘦，但浑身上下都是肌肉，别说载一个你，就是两个应该都不成问题的。”

裴禹哭笑不得地看着在自己面前弓起手臂秀肌肉的少女，正琢磨着如何让画风恢复正常，忽然听到有人在叫沈余。他闻声望去，只见一个陌生的少年单手插兜站在不远处，目光清冷，隐约透着一丝不悦。

沈余早在听到那声熟悉的叫唤声第一秒，就辨认出了声音的主人。

她皱紧眉头，转过身，看向那个一身白衣黑裤，明明只是简简单单站在那里，却随时随地都能把自己站出一幅倾城的画的家伙，没好气道：“你怎么阴魂不散的？有事说事，没事滚蛋！”

言峥见她不开窍的蠢样，只好单刀直入：“你的裙子脏了。”

“你才脏！你……”沈余说到一半，突然听见偶像师兄用略显不自然的声音说：“咳，那个，他说的是真的……”

沈余当即四下查看自己的白裙子，果然看见自己屁股后面有一块红色的血迹。她一时没反应过来，还以为自己哪里受伤，于是认认真真对身旁的人说：“裴禹师兄你等我一下啊，我去搽点药，换件衣服再下来。”

她说完，风一样从两个异性身旁跑过，很快就不见了踪迹。

听见她方才话语的言峥，在她走后，俊眉紧蹙，长腿一迈，三步并作两步走到了扶着单车等待的那位眼前，神色疏离地开口：“抱歉，沈余今天身体不适，恐怕没办法跟你一起去写生。”

言外之意即，你可以走了。

裴禹将眼前这张清俊的面容，与昨日在路上偶遇的那个骑单车的少年对上号，友好伸出手：“你好，我叫裴禹，是沈余在美术培训班的师兄，也是她在一中的学长。请问你是？”

“言峥。”他纹丝不动站在原地，神情寡淡地看着对方：“还有事？”

生平第一次主动打招呼被拒，裴禹倒也不觉得尴尬，泰然自若地收回手。只是心中仍有些讶异，对方居然就是今年那位神秘的中考状元。也就是，他与菲菲所寻之人。

既然目的已经达到，似乎也没有再多做逗留的必要。裴禹朝对方微微颔首作别，踩上单车缓缓消失在阳光尽头。

言峥目送裴禹离开后，长腿一迈，直接去了小区门口的超市。

这个时间点，正好是超市购物的热潮。他挤在一群去买菜的大爷大妈里，尤为显眼。特别是当他站在女性生活必需品区域，好奇的目光更是齐刷刷往这瞟。

架子上整齐排列着各个品牌的女性用品，天才少年终于也遇到了困惑的事情。无奈之下，他只好把每个牌子都拿起来审阅一遍。

旁边一直注意着他的服务员妹子实在按捺不住好奇，热情凑上前去询问是否需要帮助。

“小帅哥，是不是给女朋友买呀？知道她平常用哪个牌子的吗？”

言峥尴尬地摇摇头。服务员妹子又热情追问：“女朋友多大呀？”

言峥迟疑了会儿，问：“有适合少女用的吗？”

服务员妹子露出了然的神情，指着几款热销的产品：“这些都是少女系列，你女朋友喜欢用纯棉的还是用网面的？还有分日用夜用以及加长版的哦，你想选什么样式的？”

“……”被问到词穷的天才少年完全没料到这门学问这么高深。他脸红到耳后根，窘迫地跟对方道谢，然后迅速将其推荐的几个牌子每个样式都扫荡一遍，推上购物车快步去柜台结算。

奈何从生活用品区到结算台这一路，形象气质耀眼又推着一堆醒目卫生用品的他，不可避免地又遭受了一轮陌生的注目礼。

然而这些，沈余统统都不知道。

此刻，她正蹲在自家洗手间里，因突然而至的初潮而苦恼。

她长这么大，徐丽女士从不跟她谈论关于这方面的事情。她在学校也独来独往惯了，女性友人一根手指头都数不出来，得亏她还勉强记得一些课本上学过的知识，知道自己这血液逆流成河的样子不是病，所以才没有被吓到。但是，她现在好想哭晕在自家厕所啊……

父母不在家，家里又没有经期必备品，她这是要在洗手间蹲上一整天的节奏呀！唉，活了十六年，没想到大姨妈居然成了她人生迈不过去的大坎！

言峥拎着袋子回到楼上的时候，沈家的大门敞开着，只是没见到某人。他站在门口犹豫了几秒，突然听到里头传来一声哀号："啊——下辈子还是让我当个男的吧——"

他忍不住微微笑起来，走到洗手间门外，修长的手指在门上敲了敲，打断里头的碎碎念。

沈余耳朵瞬间竖起来："言峥？"

"嗯。"

简单的一个音符，在沈余听来却宛如天籁："哇，你来得太是时候啦！看在咱俩这么熟的分上，能不能拜托你一件事？"

言峥低头看了看自己手中的袋子："说来听听。"

"那个，你、你能不能帮我去买点东西呀？就是女生必需品……

等你买回来了我再把钱还给你啊……”终于意识到男女有别的沈余，实在没好意思开口说出那三个字。

“所以你是在求我？”

“怎么可能！”沈余死鸭子嘴硬。

“哦，既然如此，我先走了。保重。”

一阵轻微的脚步声逐渐走远，沈余忍了忍，到底没扛住，选择在生死关头朝敌人低了头：“算我求你……”

话音刚落，门外的脚步声由远及近。言某人状似为难的声音在外头响起：“怎么办？我一向不喜欢勉强别人。”

沈余都快把后槽牙咬碎了：“那你要怎样才同意帮忙？”

对于自动送货上门的兔子，言峥想了想，决定还是不拒绝了：“不用你刀山火海，答应我三件事。”

“成交！什么事你说？”现在别说让她答应三件事，就是三十件她也同意啊！除非她真的想在厕所蹲上一整天。

他认真思考了一会儿：“等我想起来再告诉你。”

“靠！”沈余瞬间从天堂掉到地狱。从今往后谁要是再说她跟门外那阴险的家伙是青梅竹马，她一定泼对方一脸酸辣汤！有这么耍人的吗？

门外再无动静，她以为对方无情地走掉了，忍不住开启碎碎念模式：“讨厌鬼，喝凉水，喝了凉水变魔鬼。讨厌鬼，喝凉水，娶个老婆四条腿……”

一首童谣还没念完，门外突然冒出来一句：“你要的东西挂在洗手间门口。”

呃，骂人被逮住什么的，沈余表示她吓得卷纸都要掉了。一想到自己被迫答应对方的条件，她就好想哭晕在洗手间。果然这年头，惊喜什么的，从来都是伴随着危险出现的啊！她怎么越想越觉得自己亏了呢？

门外脚步声终于渐渐走远，大铁门关上的声音随之传来，蹲在洗手间的沈余隐约从这关门声中听出了对方浓浓的嫌弃……

[2]

午饭时间点，言峥被母亲夏明月派去隔壁喊沈余过来一起吃饭。

沈家大门紧闭，任凭他怎么按门铃都没人来开门。他犹豫了下，掀开门垫，拿出那把备用钥匙打开了沈家的门。

“沈余？”他站在门口没往里面走。

“别叫啦，死不了……”几乎是他话音刚落，洗手间的方向立即传来某人略显虚弱的应答。

“不舒服？”他皱眉，大脑迅速搜索自己方才查阅的相关资料。只是还未得出答案，洗手间里已经传来令人无语的吐槽——

“我蹲太久腿麻了……你说这鬼东西到底怎么用啊，我研究了老半天都没弄明白……”

他额角微抽，轻咳了一声：“看使用方法。”

“呃，还有这玩意儿？在哪啊？我咋没看到？”

“看图示。”言峥抚额。低智商一定是种传染病，他居然在跟她讨论这种话题……

“这也太不显眼了吧？怪不得我找不到。”沈余完全没觉得现在的画风不正常，还在为自己的呆蠢找理由。

言峥觉得再呆下去，自己十六年的自制力恐怕都要毁于一旦了。他深呼吸一口气，说出了此番上门的目的，就此终结对话。

沈家大铁门“砰”的一声再次被无情关上。感受到某人低气压的沈余，脸色沉重地叹了一口气。厂家图示印得太小，怪她咯？

相较于色调冰冷永远冷冷清清的沈家，对门的言家显得温馨多了。

一见到沈余来，夏明月立即心疼地摸摸她的头：“怎么气色这么差？最近是不是都没有好好吃饭？以后如果家里大人不在家，记得过来吃饭，不要跟言妈妈客气，知道吗？”

沈余一上午所有的负面情绪，在这一瞬间奇迹般消失。其实她的人生也不算很糟糕啊，至少还有人是真正喜欢她的。大概，她从小讨厌言峥的其中一个原因，是因为羡慕他吧……

她笑嘻嘻点头：“好的好的，我会努力过来蹭饭的，只要言妈妈你不嫌弃我是饭桶跟话痨就行啦！”

“胡说，你们正在长身体，多吃饭营养才会跟得上。还有小孩子就是要活泼一点才好。你看平时小峥在家，如果我不主动找他说话，他基本上都不会吭声，跟个闷葫芦似的，太不可爱了。”

沈余大乐：“言妈妈你说得太对了！他不仅是个闷葫芦，他还是座冰山。平常在学校一副生人勿近的冷冰冰的样子，很多同学主动跟他说话，他都不搭理人的。为数几次，我看到他搭理人，结果却把对方给说哭了。”虽然她没有点名那些同学大多数都是女生，但是她真的没说谎。嗯，那几个哭的女生，正好都是来告白的。

夏明月叹叹气：“他回家从不说在学校的事情，等会儿吃完饭，你多跟言妈妈说说。”

沈余点头如捣蒜，假装没看见一旁言某人警告的眼神。可惜刚吃完饭，她还没来得及发挥，就被小心眼的言某人拽进了他的房间。

阳光从窗户透进来，衬得一室明亮。

言峥的房间干净简洁，一如他这个人。

虽然他的房间属于禁区，从小到大沈余除了找他补习的时候进去过，很少有机会进来。但是现在这生死关头真的一点都不适合参观。

沈余趁着言峥松手转身的瞬间，打算趁机撤退，谁知敌军后脑勺长眼，她刚摸到门把，已经迅速被阻了退路。

此时此刻，言峥一手抵着门，一手随意插在兜里，整个人背着光，居高临下地看着她，脸上神情高深莫测。

沈余伸手去推他，没推动。想起这家伙爱记仇的个性，她莫名有些紧张：“你想干吗？”

言峥看出她的紧张，眉梢一挑，倾身靠近她："你觉得我想干什么？"

他嘴角轻舒，素来冷峻的眉眼犹如春风拂过。沈余看着那张越放越大的俊颜，一时呆住，忘了反应。等她回过神时，两人之间居然只有一根手指头的距离，仿佛只要她稍微踮起脚尖就可以亲到他……

等等，重点好像不对！即使这一秒，她紧张得心脏都快跳出来了，还是选择了奋起反抗："你你你要是再靠过来，别怪我打你了啊！"

只是还未待她动手，某人已经恢复原样："抱歉，我还没那么饥不择食。"

沈余深觉自己被侮辱，明知不是从小练跆拳道的某人的对手，仍然抬脚踹了过去，并当场决定赖掉早上对方帮自己买东西的钱！

言峥轻轻松松避开她的无影脚："把桌上的杯子带上，你可以走了。"

沈余打量着保温杯里红褐色的液体，直接拒绝："不要，万一有毒怎么办？"

他眉毛都没抬一下："不试试怎么知道有没有毒。住得这么近，你怕什么？"

"……"沈余当场吐血三升。因为这句话的潜台词就是，我会过来帮你收尸的。

最终，沈余同学气急败坏地走了。保温杯？当然没带上。她也是有尊严的！呃……赌上尊严的严重后果就是，这天下午她阵亡在大姨妈凶猛的淫威之下。

[3]

开学第一天，沈余由于身体不适，起得稍微有些晚。

洗漱完毕，正准备出门却意外看到桌上摆着热腾腾的早餐。她以为这是父母特意为自己准备的，决定趁着时间还来得及，吃完再走。

只是，筷子刚拿起来，身后突然传来一声斥责："现在都几点了还吃？第一天上学就打算迟到吗？小峥早就出门了，你还不快点！"

拿起的筷子缓缓放了回去，沈余抬起头，看到了一身精心打扮却神情不悦的母亲。她唇角微动，最终什么都没说，背起书包走出家门。呵，总以为心怀期待就能等来春暖花开，却常常忘记，期待有多大，失望就会有多大。

走到楼下，恰好碰上传言中早就出门的言峥。她直接无视他的存在，快步朝公交站台走去。

大概是因为新学校新环境的缘故，明明此刻距离上课铃响还有一会儿时间，班级里却已经坐满了人。

不过大家可能刚熟悉不久，彼此间的交谈还算小声。沈余一出现，一堆目光齐刷刷投过来，她面无表情地环视了一圈，意外发现言峥那家伙居然还没到。

看着为数不多的几个空位，她选了后排靠窗的位子。反正她身高比普通的同龄女孩要高，视力又不错，坐哪一排都没影响。

书包刚放下，前排长得白白胖胖的男生已经扭过半个身子打招呼：“嘿，同学你好，请问你是传闻中的罗菲儿吗？”

明白自己方才受瞩目的原因的沈余，皮笑肉不笑地看着他：“不好意思，我这辈子姓沈。”

男生也不觉得尴尬，热情不减：“好巧啊，我这辈子姓徐，叫徐潘！那请问沈同学，你知道谁是罗菲儿吗？初中在江城一中的初中部读的，听说是个校花级学霸，不知道传言可不可靠……”

沈余今天心情阴有阵雨，没什么交谈的兴致，于是直接无视对方的问题趴桌上装睡。可惜新同学不肯放过她……

“听说我们班卧虎藏龙啊，中考状元也在咱们班，好像是姓言，沈同学你见过吗？啧，没想到我这吊车尾的成绩居然能被分到（1）班，真不枉我妈每逢初一十五就去庙里烧香拜佛。”徐潘说到这里，突然“靠”了一声，话风秒变，“我要向全世界宣布，我徐潘的女神，诞生了！”

沈余被徐小胖雷得外焦里嫩，好奇地抬起头，却瞬间愣住。

只见班级门口站着一对穿着蓝白校服的男女，男生眉眼温柔，似在低声叮嘱什么。女孩点点头，神情娇俏又可人。倾城的日光洒下来，让人目眩神迷。

沈余看到这一幕，目光黯然。男生喜欢的，应该都是罗菲儿这样娇艳动人又会撒娇的女孩吧？她这一辈子，大概永远都变不成对方那样。

罗菲儿的出现，引发了一场青春荷尔蒙的骚动。

前桌的徐小胖已经沦陷为罗公主的脑残粉，还顺带发展起周边的同盟。拒绝被洗脑的沈余只好无奈地堵住耳朵，努力将注意力转向窗外的风景。

可惜她注意力还没集中呢，突然就听到周围传来一阵抽气声，紧接着椅子空着的那端一重。

她反射性回头一看，垂死病中惊坐起！妈哒，吓死个人了！坐在她身旁的那位，竟然是姗姗来迟的言大状元！

“你干吗？”她神色防备地看着他，谁料身旁之人连一个眼神都懒得施舍给她。

她粗鲁地用手肘顶了顶他的胳膊：“喂，姓言的，周围这么多位子你为什么不坐，偏偏坐我身旁，你有病吧你？”

言峥动作优雅地将手中的保温杯放在桌面，眉眼轻抬，“你有药吗？”

沈余还未来得及反应，前排的徐小胖已经扑哧一声笑了出来。他刚想插话，男主角冷眸一瞥，他立即怂了。

作为全班诞生的第一对异性同桌，沈余与言峥之间的互动迅速攫住了所有人的目光。其实关键还是这对组合颜值太高！

周围的人在热烈讨论着两人的身份以及关系。听到有人猜测他俩在谈恋爱，沈余差点从椅子上摔下去。她强忍着怒意，压低声音说：“你是不是听不懂人话啊？我不想跟你同桌！”

言峥神色如常，静待她把余下的话说完。

沈余也没令他失望，一字一句道：“我！讨！厌！你！”

“哦？真巧。”在沈余看来杀伤力十足的四个字，听在言峥耳朵里就仿佛轻风拂过，除了有点凉，再没其他影响。

沈余顿觉泄气，放弃与对方争论，转而寻求其他出路。例如，他不走，她走总可以了吧？奈何身旁之人也不知是不是故意的，坚若磐石地杵在原位，前后座四位男生碍于他身上散发的“违令者死”的气场，愣是不敢放她出去。

遇到这种奇葩现象，沈余花光毕生所学都没找到恰好的词来形容。就在她一筹莫展之际，一个清脆的女声突然冒了出来——

“沈余同学，既然你不喜欢坐这里，那不如跟我交换位子吧？”

沈余闻声望去，只见罗菲儿不知何时站在他们桌旁，双手合十交握，脸上洋溢着甜美笑容。

“好啊好啊好啊！”有人解救自己于水火之中，沈余恨不得当场仰天大笑。她一口应下，立即把桌面的东西全部扫进书包里，然后把书包往肩上一挂，从位子上站起来，声音不大却足以让某人清楚地听到：“言同学，麻烦让让，好狗不挡道。”

言峥也不恼，抿唇思考了一秒，说：“沈余，你今天没失忆吧？”

沈余莫名其妙地瞪了他一眼：“你才失忆呢！”

“哦，那就好，还以为你忘记昨天的约定了。”

“……”沈余石化，反驳的语言还未组织好，身旁的人已经从容站起身，低声在她耳畔补充了一句：“如果你失忆了，昨天的事，我不介意当众帮你回忆一下。”

说这话时，他眉梢微挑，嘴角轻舒，素来冰冷的眸光盛了几丝笑意。明明是威胁的话语，语气动作却犹如在述说着这世上最动听的情话。

沈余却仿佛大冬天被人用一盆冷水兜头淋下，脑袋瞬间空白。她就说他怎么一直泰然自若，原来是在这里等着她啊！与主动让出道的言某人对视了几秒钟，她默默坐了回去……

罗菲儿本来已经收拾好东西准备走过来，见沈余重新坐回去，当即有些不高兴。无奈八点整的上课铃声在这时响了起来，担任（1）班班主任的女老师张燕踩着铃声走了进来，罗菲儿只好暂时作罢。

新生开学第一件事，自我介绍。班主任率先做完自我介绍，然后让全班学生轮流自我介绍了一番。

这世上有一种人，他们天生自带耀眼光环，举手投足间便轻易捕获全场目光。沈余所在的班级里，恰好就有那么几个。

女生代表，当属外形靓丽又活泼可人的罗菲儿。男生代表有两个，一个是皮肤透着健康小麦色的蔚帅，剑眉星目，英俊挺拔，笑起来阳光帅气。另一个当属皮肤白皙，五官精致分明，气质清冷干净，随随便便一站就能迷倒众生的大学霸，言峥。

后来，沈余才知道，像言峥这种，压根不叫学霸，叫学神！

自我介绍环节引发了一轮又一轮热情尖叫。随后，班主任讲了一些基本的校规以及班规，同时特别强调在一中是不允许早恋存在的，抓到要严惩。至于班级座位的安排，暂时先不动，待一个月后的月考结束，再作调整。

虽然能考进一中的都是各大学校的优等生，但听闻要考试，就算是优等生也忍不住哀号。

而讲台下面的沈余听说一个月后才换座位，直接不正常地拿脑袋瓜磕桌子了。接下来漫长的一个月，她都要生活在水深火热之中，想想都觉得悲伤……

这届高一新生的入学典礼时间是在早上九点整，地点在学校大礼堂。

班主任让大家有序前往目的地，独独招手叫走了言峥。

徐潘作为（1）班的八卦担当，自动凑到沈余跟前："看你跟言峥很熟的样子，你知道老师为什么叫走言峥吗？"

"我怎么知道？我们又不熟。"其实沈余不用猜都知道是怎么一回事。身为中考状元，当然是作为新生代表在典礼上致辞咯。从小到大，她都习惯了。

原本走在前面的罗菲儿不知何时落在了后头，神情自若地加入对话："言峥是今年的新生代表，等会儿要上台致辞的哦！"

被女神主动搭话，徐小胖在一旁笑得见牙不见眼。

沈余正在思考如何委婉告诉对方换座位的事情泡汤了，罗菲儿已经笑着开口询问："沈余，我们什么时候把座位调换过来？新生典礼结束？"

"对不起，我不能和你交换座位了。"对方目光中期待的光芒太浓，连身为同性的沈余都有些于心不忍。可是她也很无奈，像言峥这种坏蛋真的会说到做到，她要是换座位就是死路一条，所以她只能选择辜负眼前这位了。

罗菲儿脸上的笑瞬间消失，语气里透着不悦："为什么？明明说好的事情，你怎么可以不守信用？"

沈余一脸歉意："真的对不起，我也没办法。"

她的本意是想表达自己的无奈，谁知到了对方眼里就变成了炫耀与挑衅。

"哼，有什么好得意的，我们走着瞧！"罗菲儿把头一甩，快步往前方的队伍走去。

被对方长发打到眼睛的沈余，瞬间捂住自己的右眼，内心深处再次把言峥臭骂了一顿。果然每次跟他扯上边，她都没有好下场！

开学典礼如期举行。各大领导轮番轰炸洗脑后，总算迎来学生代表的致辞。

言峥上台后，只讲了一句话："希望大家在一中愉快的环境下，痛痛快快地玩，认认真真地学，我们高考的赛场上见分晓。"

青春苦短，珍惜当下。简单直白的致辞，赢得了整场最热烈的掌声。

沈余听到周围有女生们在小声八卦台上的新生代表帅到没天理，不由嗤之以鼻。这家伙到底哪里长得帅了？完全比不上她家偶像师兄好吗？

典礼结束后，全体解散回自己教室。

沈余肚子不是很舒服，一回到教室，立即有气无力趴在桌上。言峥后脚出现，见她死气沉沉的样子，直接把自己桌面上的保温杯放到她眼前。

“喝了。”依旧是冷冰冰的讨人厌的语气。

“什么东西？”沈余瞥了保温杯一眼，没动。

“红糖水。”简洁的三个字，好似隐隐约约透出一丝关心的痕迹。

“啊？”沈余吃惊地看着早已收回目光的他，所以昨天在他家，他拿给她的也是红糖水？沈余生平第一次觉得，眼前这家伙的心肝貌似也没那么黑嘛……

因为一杯红糖水，两人同桌的第一天，总算在略显别扭的平静中结束。其实只要沈余不主动挑起争端，言峥基本都不会理她。

当晚放学，念高三的裴禹来（1）班门口等罗菲儿。

沈余走在罗菲儿后头，看到门外的裴禹，有些犹豫要不要打招呼，毕竟昨天的事情实在是太令人尴尬了……

不过她长得比罗菲儿高点，想躲也没地方躲，所以只好选择迎面而上。

裴禹帮罗菲儿拿过书包，主动跟沈余打招呼："新生开学第一天，感觉如何？"

"精彩极了与糟糕透了。"沈余见他没提昨天之事，表情正常了不少。

裴禹笑了起来："有趣的形容。"

一旁的罗菲儿本就对沈余余怒未消，此刻见从小对自己爱护有加的竹马哥哥居然与对方有说有笑，当即不乐意了。她直接打断对话："裴禹哥哥，你干吗要搭理这种出尔反尔不守信用的人！"

裴禹皱眉："菲菲，你的礼貌呢？"

罗菲儿见裴禹没站在自己这边，反倒偏袒沈余，顿时生气地夺回自己的书包，甩头走人。

裴禹见状，颇为无奈："抱歉，菲菲可能心情不大好，她平常不会这么失礼的。"

沈余摇摇头："该说道歉的是我，本来答应跟她换座位的，结果临时又变卦，她生气是应该的。"

裴禹听到原因，诧异了一下。不过他没细问，与沈余简短地告别后，便立即迈开步伐朝罗菲儿离去的方向跟了上去。

沈余站在原地目送裴禹离去的背影，微微出神。

放学的人潮像竹篮里漏出的水，防不胜防。走道上有横冲直撞的少年从后头冲过来，发呆中的沈余突然一个踉跄整个人朝地面扑去，幸好从班级出来的言峥眼疾手快拉了她一把，免去了一场可能会发生的惨案。

沈余回魂的瞬间，言峥已经松开她，朝楼梯口的方向走去。只是走了两步，他发现身后的人不仅没跟上来，反倒还站在原地四处张望，不由面色一冷："还不走？"

沈余没找到推自己的罪魁祸首，只好压下心底的疑惑，慢吞吞跟了上去……

■ 第三章

噩梦

[1]

自从新生入学典礼结束后，高一（1）班成了年段女生最爱经过的地方，连向来没什么女生缘的沈余居然也成了女生眼中的香饽饽。

这些女生主动交好的原因只有一个，言峥。

每天都会有莫名其妙的人跑来问沈余一些关于言峥的问题，更有的甚至会直接把写好的小纸条塞给她，让她帮忙转交。

一开始，沈余以为她只要说她跟言峥不熟，这些怀春的少女们就会放过自己，后来她才发现自己 too young too simple 啊！世上没有密不透风的墙，她与言峥是邻居的事实压根藏不住。而且就算她拒绝帮忙，这些画满粉色爱心的情书小纸条还是会长脚跑到她书包里，搞得她差点以为自己才是大众的梦中情人。

不过，与其他班女生不同的是，本班女生对沈余的态度半是羡慕半是嫉妒。因为迄今为止，言峥在班上主动搭理过的女生，只有沈余一个人……

这天，阳光慵懒的秋日午后，高一（1）班教室门口又聚集了一群其他班的女生。大家你推我挤老半天，愣是没人敢主动开口对此刻正安静坐在教室角落看书的少年喊话。

直到去上厕所归来的沈余出现在走廊上，女生们才仿佛抓住了最后一根稻草，纷纷转移目标朝她奔去。

看到前方一大波僵尸妹纸来袭，沈余忍不住翻了个白眼。

又！来！了！这才开学一个月不到呢！她都快成情书小纸条中转站了！她明明只想当个安静的路人甲，却偏偏要让她当热心的传声筒……

“沈余同学，麻烦你帮我把这个交给言峥，谢谢！”

“沈余同学，麻烦你帮我把信亲手交到男神手中哦！”

“沈余同学，我这个也麻烦你咯！”

“还有我还有我……”

如果一个女人相当于五百只麻雀的话，那么在这课间短暂的十分钟里，沈余正在被几千只麻雀轮番攻击。

不管她意愿如何，最终她的手里还是被迫塞满了烫手山芋。

沈余回到教室的时候，正好看到罗菲儿站在自己的桌旁跟言峥说话。待她走近，恰好听到罗菲儿不甘心地问：“那你捡到过我的中考准考证，你还有印象吗？”

“没有。”言峥淡淡地扫了她一眼，重新将目光转回手头的课外书上。对于不重要的人和事物，他向来不喜欢花太多心思。

罗菲儿委屈地咬着下唇，目光水盈盈地站在原地看着言峥没动，一副我见犹怜的模样。可惜当事人完全无动于衷。

沈余站在几步之遥的地方等了等，见罗菲儿还没有要走的意思，上课预备铃已经响起，只好硬着头皮走了上去：“不好意思，请让一让。”

沈余脸上尴尬的笑，落在此刻的罗菲儿眼中就变成了嘲笑，满腔的怨气与怒火忽然找到了发泄的理由：“沈余，你笑什么？”

沈余只觉莫名其妙，没理会她。

罗菲儿看到她的态度，新仇旧恨齐涌上心头，直接一巴掌挥了过去。但是掌风没扫到沈余，手腕就被人轻轻松松扣住。

“上课了。”言峥不带感情的话语伴随着上课铃声一齐响起。语毕，他松开手，拿出纸巾擦了擦手。

罗菲儿看到他的动作，当场红了眼眶。她伤心地看着他，见他不理自己，便又含泪怒瞪了瞪沈余，然后飞快地跑回自己的位子，将整张脸埋进手臂里，咿咿呜呜地哭了起来。

罗菲儿不仅长得漂亮出手又大方，又因裴禹的关系，虽有点小娇纵，但在男女生中人缘却是极好。此刻她一哭，无论是了解内情的还是不了解内情的，都把指责的目光投向沈余，连围观的徐小胖都不例外。

这倒数第二节正好是班主任的英语课。见到这副情景，她虽未明说什么，但还是瞥了眼沈余，然后旁敲侧击说了些同学间要友爱的话语。

沈余无语地瞅了瞅窗外，九月的天湛蓝明净，没下雪啊！

英语课结束后，赵心怡趁着言峥不在，趁机跑沈余面前替自己的同桌罗菲儿打抱不平。

“沈余，你这人怎么这样？菲儿到底哪里得罪你了你要欺负她？”

“你哪只眼睛看见我欺负她了？”

“你没欺负她，她会哭吗？大家都知道全班就你跟她合不来！”

“神经病。”沈余被这逻辑打败，无奈地翻了个白眼。

“哼，心虚了吧！劝你最好快点跟菲儿道歉，不然大家不会原谅你的。”赵心怡直接把她不屑辩解的行为视为认罪。

沈余皮笑肉不笑地看着她，问：“我看起来像有病吗？”

女性是一种奇怪的群居动物，她们害怕孤独，总是结伴而行，有强烈的从众心理。赵心怡说不过沈余，气嘟嘟跑回自己座位，添油加醋控诉了一遍沈余的罪名，女生们顿觉义愤填膺。再加上罗菲儿自责又大度地表示自己也有错不能全怪沈余，局势瞬间一面倒。

沈余对此充耳不闻，她正努力把之前收到的烫手山芋统统塞进言峥的书包里，同时还要把书包恢复原样，不让精明的言峥看出来。

为了这些怀春少女，她也是操碎了心。

言峥回到座位后皱了皱眉，也不知是否发觉异样。沈余做贼心虚，心脏高悬，老觉得身旁的同桌在看自己。

当放学的铃声划破校园，她才悄悄舒了一口气，抓起书包一个箭步冲了出去。

刚跑到校门口，沈余正欢呼雀跃以为自己解放了，谁知手臂突然被人拉住。她回头一看，差点腿软：“你、你怎么在这？”

言峥直接将书包里多出的一叠粉色信封塞回她手中：“如果再有下一次，别怪我翻脸！”

他语气冰冷，脸上神色是从未有过的冷漠与明显的厌恶。

沈余当场愣了愣，小声嘀咕：“有这么严重吗……”

言峥手里的力道重了几分，话锋如刀：“沈余，我最后再说一遍，我的人生不需要你来指手画脚！你有这个闲工夫还不如好好学习，把精力放在一周后的月考上，别天天在课堂上画画。有个成语叫云泥之别，听过吗？”

深埋心底的秘密被人当场戳破，沈余脸色瞬间惨白。她以为没有人发现自己在课堂上的小动作，以为这甜蜜又忧愁的少女心事无人会知晓，却原来他从头到尾都看在眼里。他只是不说而已，等着有一天，将它摊在阳光下，无情嘲弄。

周遭的喧嚣全部都远去，她一点点抽回自己的手，眉眼低垂，沉默地从他身旁走开。

言峥看着她离去时孤寂的背影，回想她乌青的手腕，懊恼又烦躁地揉了揉眉心。

在沈余与言峥离开学校后，罗菲儿与裴禹也结伴离开了学校。

罗、裴两家是世交，两家的别墅比邻。罗菲儿从小喜欢黏在裴禹身边，上学也喜欢跟他坐同一辆车，所以两人时常坐同一辆车上下学。

车子开到三分之一路程的时候，裴禹突然让司机把车停靠到路边。

罗菲儿不解地看着他，“裴禹哥哥你要做什么？”

裴禹摸摸她的头：“临时有点事，你先自己回去，乖。”

裴禹下车后，车子缓缓启动。罗菲儿好奇地盯着玻璃窗外瞧，想知道裴禹临时下车所为何事。忽然，她看到裴禹朝一个略显熟悉的身影走去。对方低垂着脑袋瓜，她一时辨认不出是谁，只知道是个女生。车速一点点加快，身后的画面成为后视镜里转瞬即逝的风景，她上扬的嘴角慢慢沉下去。她不知道如何形容自己当时的感受，那种感觉就好像……就好像从小到大陪伴在身旁的心爱的布娃娃突然被人抢走了……

人行道上，有三三两两结伴放学的学生说笑着走过，其中不乏穿着江城一中校服的学生。

裴禹走向前方一直低头看地面的少女，轻拍了下她的肩：“地上有黄金捡吗？看得这么认真。”

沈余慌忙抬起头，看到来人，连忙又低下头去，胡乱用手背擦了擦眼睛才再次抬起头。她本想报之以笑，谁知笑容没出来，泪水反倒忍不住了。她妄图再次低头掩饰自己的窘境，却被裴禹制止。

裴禹抬手温柔地替她拭去脸上的泪珠：“怎么了？上课开小差被老师骂了？”

沈余因为他亲昵的动作，心跳如雷。她贪恋地看着他脸上温暖的笑容，搞笑的本能仿佛又回来了：“也许可能大概是因为师兄你笑起来太好看，所以嫉妒哭了。”

裴禹失声笑起来，拍了拍她的脑袋瓜，“古灵精怪的小丫头！怎么今天不搭公交车回家？”

“忘了……师兄你今天怎么也走路回家？”

“看见你好像很伤心的样子，所以就半路下车了。”

沈余听出他话中的关心之意，却又害怕自己多想，所以只好默不作声看着他。

裴禹目光灼灼看了她一会儿，说：“走吧，我送你回家。”

回家的一路，沈余心猿意马，说了很多不经大脑的蠢话。不过看在偶像师兄很开心的样子，她大方原谅了自己。

到了小区楼下，裴禹执意要送沈余上楼。沈余拗不过，便没再推辞。

两人快到家门口的时候，走道的感应灯亮了起来，耳尖的沈余隐约听到隔壁言家大门轻轻关上的声音。她用钥匙打开家门，发现家里漆黑一片，寂静得令人难过。

“怎么，你父母都不在家吗？”

“嗯……他们、他们比较忙。”她站在门口没进去。

“那你晚饭怎么解决？不如我请你吃饭？”

“不用了。师兄你快回去吧，不然要错过家里的晚饭了。”

“好吧，那我先走了，明天见。”裴禹微笑着同她挥手道别，转身的瞬间，笑容立即消失不见。昏黄的光影倾泻而下，他眼底阴霾一片。

安静，一切都保持着昨天的原样。主卧里空荡荡的，老沈同志和徐丽女士均一夜未归。即使这种情况早有先例，她仍然觉得失落。小时候写作文，老师告诉所有人说家是一个温馨而甜蜜的字眼。可是她长这么大，却一次都不曾体会过。

吃完早饭，沈余背起书包将满室冷清隔绝在铁门之后。

走到公交车停靠点，她意外碰到了言峥。因为昨天的不愉快，她已经打定主意把对方当空气，所以把耳机一塞，权当没看见他。

这个时间段属于上班高峰期，所有交通工具都挤得要死。沈余艰难地挤上公交车，勉强在车子中间位置的人堆里抓住一个扶手。

车子刚刚经过一个站，沈余忽然觉得有点不对劲，老感觉身后有人在拿东西蹭着自己。她抬头看了看自己四周，发现自己身旁站着好几个男的，中青年都有。他们表情都很正常，看不出所以然。

沈余以为是自己的错觉，就没多加理会。可是隔了一会儿，她又感觉到有人在蹭自己。她秀眉一皱，当机立断换了个位置。

这次她留了个心眼，把 MP3 调成静音，注意力高度集中。车子连续经停两个站点，都没有出现异常，她渐渐放宽了心。不料刚刚把音乐声调好，车厢里突然传来男人凄厉的尖叫声。

那杀猪般的惨叫声就在沈余耳畔荡漾，她想忽略都难。侧过头，她惊讶地发现方才还站在司机周围的言峥，此刻居然站在了自己身后。他书包单手挂在肩上，另一只手也没空着，紧扣住一个中年男人的手腕，并反手将其扭在身后。

那个长得人模狗样的男人疼得不顾形象低声求饶。言峥不为所动，礼貌地朝停车过来询问情况的司机说：“师傅，如果您不赶时间的话，麻烦您到终点站后再去下派出所。抓到色狼一个。需要的话，我可以当证人。”

“没问题！小伙子不错啊，练过！”司机笑呵呵朝言峥竖了个大拇指。

一旁的沈余听到言峥的话，当即明白过来自己方才遇到色狼了。她迟疑着要不要跟对方道歉，可四目相对，她又别扭地别开目光。就当是功过相抵好了，她与他还是适合当陌生人。

言峥是在第一节课下课的时候才到学校的，坐着警车，吸引了无数目光。

学校里，早有先前坐同一辆公交车的同校学生将他勇猛抓色狼的一幕绘声绘色地传播开，所以这天，言峥这个名字又一次荣登全校话题榜第一位。

上学期间，学生们崇拜的无非两种人，一种是成绩拔尖的优等生，另一种是长得好看体育又好有号召力的。而言峥恰好两种优点都有。他待人疏离，也不担任班上任何职务，但在班上的号召力却不亚于阳光开朗成绩同样优异的班长蔚帅。

此番，他意外暴露的好身手，引发了班上女生们又一轮花痴。

第二节下课有半个小时的休息时间，因早上下了场雨，操场湿漉漉的不适合做早操，所以学生们基本都窝在走廊以及教室里玩耍。

以罗菲儿为首的五六个女生趁机围在一起讨论学校哪个男生最帅，有说言峥的，也有说蔚帅的，当话题提及高三年段公认的男神裴禹时，其中一个女生突然掏出了自己的手机。

“菲儿，昨天隔壁班的女生给我转发了一张照片，我觉得里面的男生超级像裴禹学长，你快看看到底是不是。”

傍晚的街道，穿着一中校服的男生微微倾身温柔地拭去校服少女脸上的泪珠。照片是近距离拍摄，尽管男女主人公只露出侧脸，但还是很容易认出来。罗菲儿接过手机，只一眼就辨认出照片里男女主人公的身份。

周围女生见她面色不虞坐实猜测的模样，默默噤了声。罗菲儿却再也坐不住，起身打算去找裴禹问清楚。她走到班级门口，正好撞上找上门的裴禹。

就算照片里的女主角是沈余又怎么样？裴禹哥哥关心的人只有她一个！罗菲儿的坏情绪来得快去得也快，开心的笑容重回脸上。

“裴禹哥哥，你找我什么事呀？”

裴禹丝毫没隐瞒自己的目的：“我来看看沈余。”

罗菲儿不相信他的说辞：“别开玩笑啦，你找她能有什么事？”

裴禹摇头失笑：“我什么时候骗过你？正好麻烦菲菲你去帮我叫一下她。”

罗菲儿难以接受这个事实，生气地大吼：“我才不要帮你！我讨厌你，我再也不要理你了！”

裴禹忍住安慰她的冲动，无奈看她跑开，然后请了其他人帮自己叫沈余出来。

沈余听到外找，纳闷了下。毕竟，她在这所新学校认识的人实在少之又少。她先是开心地跟裴禹打过招呼，然后才四处探着脑袋寻找那个叫自己出来的神秘人。

裴禹被她逗乐，拍了拍她的头：“这么大一个活人站在你面前，你居然没看见？我做人有这么失败吗？”

沈余“啊”了一声，说：“找我的人是师兄你？”

“不然你以为呢？我来看看你今天心情如何。看到你生龙活虎的样子，我就放心了。那我先回班级，你好好上课，可别再走神了。走神了也别被抓住，不然又该哭鼻子了。”

沈余脸色微红：“嗯，谢谢师兄！”

“周末有空的话一起去写生？”

沈余紧张又惊喜地接住他轻轻松松抛过来的橄榄枝，紧紧搂在怀里：“好！”

高一（1）班教室内，罗菲儿没等到裴禹来安慰，伤心地趴在桌上掉金豆子。女生们一边安慰她，一边为她愤愤不平。毕竟在她们眼里，裴禹那样长得帅成绩好家境又殷实的富二代，就应该配一个白富美才对。沈余这种人怎么会般配呢？

赵心怡也看过那张照片。她打量着门口有说有笑的裴禹与沈余许久，突然惊讶地问："照片里那个女生怎么越看越像沈余啊？"

最先传阅那张手机照的女生嘴巴张得老大："不会吧？难道沈余在跟裴禹学长谈恋爱？"

大家听到这个大胆的猜测，嘴里虽然都说着不可能，但心里还是默默认定了这个事实。可是到底不舒坦。毕竟如果那个飞上枝头的人不是自己，那么也不应该是同样平凡的沈余才是！于是挑拨的话语纷纷冒了出来。

罗菲儿经不住一群人言语的挑唆，终于忍不住，气冲冲跑到沈余桌边质问："沈余，你是不是喜欢裴禹哥哥？"

"关你什么事？"第三节是数学课，沈余突然想起昨晚还有数学练习册上的习题没做，所以和裴禹说完话就立即跑回座位奋笔疾书。数学老师是个严厉的老太，只要让她惦记上，以后甭想有好果了吃。眼看现在马上就要上课了，又碰上来找茬的，沈余的口气自然不是很好。

罗菲儿正在气头上，被她的口吻一激，顿时失了理智。她也不管三七二十一，一把夺过沈余的习题册重重扔在地上，语气尖锐："沈余，我告诉你，你别痴心妄想了！裴禹哥哥才不会喜欢你这样的女生，麻雀就是麻雀，永远飞不上枝头当凤凰！"

笔尖划破纸张的声音以及习题册落在地上的声音同时刺激着耳膜，沈余当场爆发，拍桌而起！原本握在她手里的黑色水笔在重压下外壳碎裂，桌面左右堆放的两叠崭新的课本更是被震得齐声砸在地面，一时间声响如雷。

罗菲儿就如生长在温室里的玫瑰花，虽然带刺，但从小在温室的庇护下，衣食不缺，只需负责貌美如花努力绽放即可。此刻，她被眼前的阵势吓到傻眼，站在原地不敢动弹半分。

其实不仅仅是她，整个班级都因为突如其来的变故，陷入诡异的安静之中。大概除了言峥，再没有人预料到沈余瘦削的身体里，居然蕴藏着如此大的力量吧。

言峥原本正在被好学的学习委员缠着说一道物理难题的解答思路，破损的习题册落在他的脚边。他打算弯腰去捡，学习委员一把拉住他，悄声说："学神，女人的战场，我们男人还是少掺和为妙。特别这两个女人还是为了其他的异性！"

言峥没再继续，只是薄唇微抿，目光沉沉望着还坐在位子上的沈余。这家伙从小到大脾气就不是很好……

作为暴风的中心，沈余此刻双手捏成拳，拼命忍了好一会儿，才说服自己看在裴禹师兄的面子上别冲动地上前回敬对方两个耳光。

她深呼吸一口气，走过去，居高临下看着呆若木鸡的罗公主，一字一句道："罗菲儿，我今天不还手，是看在裴禹师兄的分上。学校不是你家，没有人有义务捧着你。如若再有下一次，别怪我手下不留情！至于我跟裴禹师兄什么关系，还轮不到你来操心！更何况，你有什么资格质问我？”

沈余深深看了罗菲儿一眼，随即越过她，朝自己的数学习题册走去。

许是因为沈余眼底还有暴风掠过后的痕迹，她从旁经过的时候，罗菲儿还以为她要打人，下意识瑟缩了下。然而沈余只是捡起自己的数学习题册，旁若无人地走回自己的座位，重新开始——赶！作！业！

哗啦啦，周围全是眼镜跌碎的声音。

3

突发事件发生后，班上同学看沈余的目光都有些异样。连平日最爱跟沈余开玩笑的徐小胖，也正襟危坐不敢再转向后座随意乱开玩笑，仿佛生怕她掌风一扫，直接让自己去见阎王。

沈余对于旁人的目光视若无睹，却唯独没法漠视言某人的存在。

她揉了揉有些肿痛的手掌，没好气道：“看什么看？再看我也不会喜欢你！”

言峥目光从她瘀青的手腕以及红肿的手掌掠过，最后停在她情绪外露的脸上：“你没看我，怎么知道我在看你？”

沈余词穷，正好看到他的手臂越过了自己当初画的三八线，于是眼明手快用手中的笔捅他的胳膊借以转移话题：“喂，你过线了，手臂移过去点！”

“幼稚。”他不再看她，将注意力集中回课堂上，手臂却顺势缩了回去。

沈余看到这疑似妥协的一幕，难得好心情笑了起来。

数学课进行到一半，老太太突然宣布开始检查习题册。

老太太表情严肃双手背后，从靠门口那一组开始检查。

沈余坐在座位上用手反复去抚平撕裂的页面，可再怎么努力都没有用，它永远不可能恢复成最初的样子。就像有些伤口，永远也无法愈合。

在她重复第N遍这个动作的时候，旁边突然伸出一只手，抽走了她的习题册。

“干吗？”沈余压低声询问，看着他的目光有些不解。

言峥直接将自己的习题册与她对调，一目十行，答非所问：“错了一半。”

“……”误解他意图的沈余差点回他一拳。习题册还未调换回来，老太太已经走到了他俩的座位旁。

两本习题册，一本字迹工整，一本字迹潦草书页破损。老太太皱眉，犀利的目光在两人脸上来回审视，虽然什么话都没说，但是接下来一整节课，沈余成了重点关照对象，凡有提问，必定少不了她的份。

沈余提心吊胆时刻准备着，连发呆的空隙都没有。事后，她把这一切都归咎为言峥的阴谋诡计，恶狠狠剜了他几眼仍不解气，最后掏出上锁的小黑本又记了他一笔。

当天，沈余纠结了很久，还是决定主动把自己跟罗菲儿之间发生的不愉快告诉裴禹。毕竟，没有人想被自己喜欢的人误会。

高三年段教学楼与高一高二是分开的，沈余打定主意后便匆匆忙忙跑了出去。

因为心急没注意周围，刚冲出教室就与一个短发女生撞到了一起。她急急忙忙道完歉，准备朝楼梯口跑去，却突然被对方拉住手臂。

“赶着去投胎啊！你是（1）班的？正好，帮我叫下你们班的言峥，我有话跟他说。”

“不好意思，我现在没空。”

“拽什么拽，让你叫一下人而已，又不会死！”短发女孩嚼着口香糖，态度嚣张。

沈余没理她，直接甩手走人，身后隐约传来女孩低声咒骂的声音。

抵达裴禹他们班级所在的楼层，沈余不由得有些怯步。

走廊上有高三年段的大男孩们倚在栏杆上谈天说笑，女生经过，调皮大胆的就会吹个响亮的口哨，引得众人一阵哄笑。

踌躇了几秒，沈余还是鼓足勇气走了过去。男生们见是个生面孔，目光不由分说集中了过来。听说她来找裴禹，立即有与裴禹同班级的男生挤眉弄眼地朝教室里大喊：“裴大帅哥，有美女找你啦！”

那一瞬间，沈余差点临阵退缩。可当裴禹微笑着一步步朝她走来，她忽然就不害怕了。此时此刻，他笑容温暖，步履坚定，仿佛她就是全世界。

“怎么了？”裴禹动作熟稔地拍了拍她的头，语气关切。

“我、我，今天你来找过我之后，罗菲儿和我发生了一点争执……”沈余顿了顿，紧接着一字一句道出事情始末。只是待她说完，眼前之人却没任何反应。她泄气地垮了双肩，小声为自己辩驳：“我真的没动她一根汗毛……”

话音刚落，头顶有好听的轻笑声响起：“我相信你。”

她反射性抬起头，看见他微笑的脸，忍不住也跟着傻笑起来：“那、那周末还一起去写生吗？”

“不。”他笑容一敛，拒绝了她的请求。

她傻眼，下一秒却又听到他说：“等到你月考结束之后吧。”

她听到答案，原地欢呼起来，踩着上课铃声雀跃地一口气冲回自己的教室，连道别都忘记。

相较于心情大好的沈余，言大状元不知被何事刺激，一直到放学，周身气压都低得足以冻死人。不过沈余沉浸在喜悦里，全然不觉。

只是放学回家的路上，看到骑单车冷着脸头也不回从自己身旁疾速而过的言峥，小小纳闷了一下。如果她没记错，他早上是与自己搭同一辆公交车来学校的吧？

这个没人解答的疑惑，最终被沈余划入悬疑事件的行列。

当晚她还在自己的书包里发现了一瓶凭空冒出的药油以及一封多出来的纸条。药油不知道是谁放的，不过肯定不是她那个冰山同桌，也不可能是看到她眼神都要冒烟的罗公主。活见鬼了，难道是徐小胖？

纸条当然也不是写给她的，上面写着言峥收。她没兴趣拆别人的东西，也不想知道信的主人是谁，于是顺手就把信塞回书包里。

然而，人生总有许多无奈。

有些事你明明不想知道，却总有人不让你如愿。

沈余在第二天早上课间操结束后，被那封信的主人堵在了教室门口。巧合的是，对方就是昨天沈余不小心在教室门口撞到的那位短发女生！

短发女生一开口就是质问："为什么没把信转交给言峥？害得我昨晚白白等了一个多小时！这笔账怎么算？"

沈余觉得这人好奇葩："同学，你约他，他没出现，关我什么事？没听过冤有头债有主吗？"

短发女生语气很冲："怎么不关你的事了？如果言峥知道我约他，一定会来见我的！哦，我知道了，你也喜欢言峥对不对？所以才暗中搞鬼？不要脸！"

沈余语气也有些不善："请问你是断手了还是断脚了？写信还要让别人替你转交！"

短发女生嚼着口香糖不屑道："姓沈的，你踌个屁啊！让你转交是给你面子，你丫别给脸不要脸！等下帮我把东西交给言峥！不然别怪我对你不客气！"

沈余当场气笑了："你对我这么不离不弃，我是不是应该谢谢你全家？我只说一遍，言峥是言峥，我是我，以后与他有关的事情统统都别找上我，否则学校布告栏见。"

这会儿正好是人流量最多的时候，外加两人之间动静太大，周围聚集了很多人，包括等着看好戏的罗菲儿等人。沈余没兴趣耍猴给别人看，转身就准备回教室，万万没想到头皮突然一痛。

妈哒，对方居然扯住了她的头发！沈余反应过来的瞬间，瞄准对方的脚，用力踩了下去，对方尖叫了一声瞬间松开手。

她反手一摸自己的头发，整个人都不好了！因为对方居然丧心病狂地把口香糖粘在她一直保养得很好的头发上……她想都没想，直接以其人之道还治其人之身，将手中那点勉强抠下来的口香糖粘回对方头上。

短发女生也是个凶悍之人，直接抬手就想甩沈余一巴掌。不料手臂刚伸到半空中，蓦地被人截住。

事件的男主角不知何时出现在现场，他一言未发，本就清冷的眉目此刻更是冷冽如霜。

短发女生一看言峥竟然站在对手那一边，顿时顾不上害怕以及手脚的痛楚，气急败坏地吼起来："言峥，你同桌欺负我，你为什么还帮她？你不会是喜欢她吧？"

言峥淡漠地瞥了她一眼"我喜欢谁，是我的事，与任何人无关。"

"我就搞不懂了，像她这种又粗鲁又泼妇长得又丑，到底有什么值得你喜欢的？你是没长眼吗？我可比她强多了！"回答她的，是手腕上瞬间加剧的痛感。

围观的人越聚越多已经严重引起老师的注意，在一中早恋问题小则记过大则退学，短发女生到底还没失去理智，含恨瞪了正在弄头发的沈余几眼，最终选择甩手走人。

风波平息，人潮渐渐散去。

“我带你去清理一下头发。”言峥径自走到沈余面前，拉起她的手就走。

沈余心情差到谷底，不领情地甩开他的手：“不用你管！”

秋风徐徐吹过，桂花香扑鼻而来。年少时说过的轻狂话语，后来都飘散在无声的风里。

■ 第四章

阴魂不散

[1]

沈余顶着一头不太齐整的短发出现在教室里，引发了一阵窃窃私语。特别是罗菲儿领导的女生小团体，聚在一起小声评头论足嘲笑的同时眼神还不忘朝沈余的方向瞟。

沈余对这些爱说人长短的女生没什么好感，直接把她们当个屁给放了。她刚坐在座位上，前桌的徐小胖就乐不可支地扭过头说："沈大胆，你怎么把头发剪成这样了？跟狗啃的一样，难看死了。"

徐小胖大概经过昨天那一役，把彪悍的沈余视作了哥们，所以又恢复了最初与沈余相处的口无遮拦模式。

听他这么一说，原本就心情不好的沈余郁猝了。

昨天回到家，她花了很久都没能把头发上的口香糖顺利清理干净，于是一气之下自己拿剪刀把打结成一团的头发直接给剪了。剪完之后，看着自己保养了很久的头发如今成了地上的一堆垃圾，她差点哭晕在洗手间里。再想到造成这一切的罪魁祸首，她就更加郁闷了！

罪魁祸首还没出现，沈余只好将不满发泄在撞上枪口的这位身上："死胖子，沈大胆叫谁呢？我叫沈余！沈余！沈余！你是文盲吗？"

徐小胖堪堪避开她的无影脚："听没听过一句话？没有外号的青春是残缺的！所以大胆，你就别推辞了！而且你不觉得我这外号取得挺实至名归的吗？我拿我的体重担保，全校女生里，你称大胆，绝对没人敢反驳！”

“说你胖你丫还给喘上了，一边呆着去！”沈余嫌弃地扫了眼体重严重超标的徐某人，把这烦人的家伙当成屁给放了。世界瞬间清静。

不过令沈余意想不到的是，这年头不止青春期少女有从众心理，青春期的少男们也有啊！沈大胆这个外号被徐小胖叫开后，一天不到的时间里，男生堆里就全传开了，沈余至此踏上了沈大胆的崭新人生。

风萧萧兮易水寒。

高一的首次月考，在一种壮士一去不复返的悲壮中拉开了序幕。

不同于别人的紧张焦虑，沈余只要一想到月考过后就可以摆脱言峥这个大灾星，做梦都在笑。

月考结束后，学校开始国庆大放假。

写生这天，郊外阳光明媚，风光正好。

在跟身旁之人请教了三次画画技巧，借了四次工具后，心情亢奋的沈余终于开始投入画画当中。

但、是！在努力了十几分钟后，沈余画着画着又走神了。

没办法，偶像就在身旁，她要是能冷静下来才有鬼哩！心猿意马才是正常的啊！因为即使眼前风景好看如画，也比不上偶像专注时的完美侧脸来得迷人。

许是她的目光太过火辣，原本聚精会神在作画的裴禹终于转过脸看她："是不是又忘记带什么工具了吗？"

他语气温和，问得认真，沈余却老脸通红。她其实哪里忘记带工具了啊，她方才就是存心想找点话题，借此拉近彼此的距离。可是她又不能明说，只好涨红着脸随口说了一个工具名。

裴禹将工具递给她，忽然说了一句不相干的话："师妹，你短发的样子也挺可爱的。"

沈余觉得自己好像瞬间走上了人生巅峰，于是大脑一抽，脱口就回了句："师兄你长发的样子肯定也很帅！"

裴禹闻言，当场笑出声。沈余在反应过来自己不经大脑的话，不好意思地挠挠头跟着傻笑起来。

也许是阳光太好，氛围太过融洽，让她恍然生出一种他其实也有那么点喜欢自己的错觉。本以为画面会一直和谐下去，可是一连串相机按快门的"咔嚓"声突然凭空响了起来，气氛荡然无存。

沈余望向声音出处，脸上灿烂的笑容立马僵住。

只见几米开外，站着一个熟悉的人影。尽管对方正低着头看相机里的照片，沈余还是一眼就认出他。

她顾不得偶像在侧，噔噔噔跑过去，一把拽住对方的衣服，压低声音问："姓言的，你怎么在这里？"

言峥抬起头，看到沈余，俊眉微蹙："你跟踪我？"

沈余抓狂："我有病啊我跟踪你，我是在写生！明明是你阴魂不散，居然还有脸质疑我？”

言峥见她气急败坏却又拼命想维护形象的样子，忽然俊眉一展：“怎么？”

他嘴角似笑非笑的表情太碍眼，沈余强忍住挥拳的冲动：“如果不要脸也有吉尼斯世界纪录，你肯定能破纪录！”

“抱歉，”他表情一收，恢复往日的高冷：“喜欢我的人那么多，你赞美也没用。”

“……”到底谁给他的自信，沈余气得肺都要炸了！

就在这时，裴禹走了过来。他见到她气愤的样子，单手放在她肩上安慰地拍了拍，然后笑着开口打招呼：“好巧，原来是熟人。兴致不错，这里风景很美。”

言峥的目光滑过她肩头那只碍眼的手，意有所指：“你们也是。原来你真的来写生，介意我这个外行欣赏一下杰作吗？”后半句明显是对沈余说的，给出回答的却是裴禹。

“当然。”裴禹收回手，领着言峥走向不远处的画板。

沈余站在原地，看着两个外形同样出色的少年相携离去的背影，忽然觉得画风好像有点不对。怎么她感觉自己现在像个第三者？

她踏着沉重的步伐跟上去，恰好听到言某人在评价裴禹师兄的油画：“立意明确，画面的层次和空间感分明，色调把握得很到位。”

沈余与有荣焉：“那当然，也不看看是谁画的！裴禹师兄一出手，杀遍天下无敌手好嘛！”

裴禹笑了笑："哪有你说得那么好。"

"师兄你就别谦虚了，你绝对当之无愧！"沈余越看越觉得自家偶像师兄魅力无边。

言峥用余光瞥了下沈余花痴的表情，目光落回另一幅画，犀利评价："惨不忍睹。"

沈余隐约听到言某人说了四个字，有些不太确定地转过头问："你说什么？"

言峥微微勾起嘴角："好话不说第二遍。"

沈余看不惯他高高在上的样子，虽知道自己这次画得实在太一般，但还是硬着嘴皮子反驳说："切，搞得好像自己很厉害的样子，请问你学过吗？司马懿破八卦阵，不懂装懂！"

"如果你说的是你这种，抱歉，没学过。"

他这何止是拐弯抹角贬低自己，这已经是直截了当在说自己水平太烂了好嘛！沈余气得不想理他。气氛一时尴尬，裴禹只得出面当和事佬，主动将话题转移到了其他方面。两人一路从摄影到各类话题，令裴禹惊讶的是，这个年龄比自己小的少年，居然对这些话题都有涉猎，且见解颇深。

两人相谈甚欢，却隐隐有暗潮在涌动。被遗忘的沈余没察觉出来，她完全插不上话题，只得独自坐在一旁生闷气。

其间，沈余有五次试图力挽狂澜扭转奇怪的画风。

可是她明着暗着催促了言峥多次让他识相点早点离开，这家伙就是一副“任尔东南西北风，我自岿然不动”的欠扁样。

沈余无计可施，只好继续生闷气。

回去的路上，因裴禹不顺路，言峥大发善心提议在岔路口分别。

言峥话音还没落，沈余就拒绝了这个提议。她拒绝得太迅速，在场另外两人同时望了过来。

她随口胡诌了个理由：“这么晚了，裴禹师兄一个人回家不安全……”

言峥一副了然于胸的表情：“哦，所以你是想当护草使者？”

沈余一口气憋在胸口吐不出来。她怨念很深地看着言峥，将他当场灭口的心都有了。临走还要给自己添堵，到底什么仇什么怨！可她又不好意思厚脸皮主动提出要裴禹送自己回家……

反倒是裴禹看她脸色通红的样子，拍拍她的头以示宽慰：“小余，到家给我电话。”

沈余听到他那声称呼，好心情立即又回来了。一旁的言峥冷冷瞥了她雀跃的模样一眼，推着自行车先行一步。沈余欢欢喜喜跟裴禹挥手道别后，赶紧追上言某人。不过见他臭着一张脸不爱搭理人的样子，索性也懒得跟他说话。

尽管这次借机培养感情的行动以失败而告终，但沈余觉得还是有收获的。如果没有言峥这个意外搅局者，收获会更多。她这人有个小毛病，心情一好就忍不住哼哼小曲儿，关键她唱歌跑调还从来不记歌词，唱到哪算哪。

于是，这一路，她从六十年代的《南泥湾》唱到了九十年代的《七里香》。而言峥同学的心情随着她的歌声持续降温，从阴有阵雨一直降至雨夹雪……

抵达家门口，沈余正好听到自家大铁门里传来激烈的争吵声。

背后有道目光灼灼，她既不想让对方看笑话，又不想像个傻瓜一样在门口等里面的争吵声停歇，于是硬着头皮掏出钥匙开门。

门一开，一阵怒火劈头盖脸而来："死哪去了？一整天都不见人影，午饭不回来吃就算了，怎么这么晚才回来？饭菜都凉了！以后不想回家吃饭就早说，省得浪费大家时间……"

她沉默低下头去，不想辩解现在不过五点半，不想辩解早上出门已交代过自己去写生。反正再难过，再痛苦，再崩溃，只要扛一扛都能过去，不在乎就不在乎吧，这世界哪有那么多幸运的事情啊！

她抬脚刚往里走，下一秒听到言峥诚恳的声音在身后响起来："叔叔阿姨，对不起，都怪我没把握好时间，耽误了沈余回家吃饭。她今天是跟我一起去郊外寻找老师布置的作业素材的，早上出门我忘记跟叔叔阿姨说了，这件事是我的错，我保证以后不会再犯这样的错误，请你们原谅。"

沈余意外地看了他一眼，刚要说话，徐丽女士已经换上了满面笑容："呵呵呵，原来是和小峥你一起出门的啊，没关系没关系，你晚饭吃了没有？要不要坐下来一起吃？"

"好，谢谢叔叔阿姨，那我先回家跟家里人说一声。"

“好好好，那阿姨再去炒几个你爱吃的菜。”

沈余无声冷笑。她不愿再绞尽脑汁猜测他的用意，索性全程装聋作哑，吃完就自顾自回了房间。

窗外的天一点点黑下来，巨大的天幕上挂满了漂亮的星星。她光着脚丫趴在窗边，像从前无数次那样许愿，希望能拥有瞬间长大成人的魔法。

因为也许长大以后，一切就会好了吧？

[2]

国庆长假结束，冷空气来袭，秋雨一场接着一场。

月考成绩贴出后，言峥以语文 149 分，其余科目全部满分的优秀总成绩毫无悬念获得了年段第一。蔚帅在语文上落后几分，排名年段第二。罗菲儿考得也不错，年段前四十名，班级前十。而沈余，在年段遥远百名之外。

罗菲儿在总分出来后，趾高气扬地跑到沈余面前炫耀：“还以为你有多了不起呢，居然连年段前一百名都没进去！”

沈余因为笃定会换同桌，所以此刻心情好得不得了：“没办法，考高分一向不是我的强项。祝你这次得偿所愿哈！”

门口已经一脚踏进教室的言峥，在听见沈余与罗菲儿之间简短的对话后，脚步一收，转身去了班主任的办公室。而罗菲儿挑不出茬，又隐隐觉得自己这回应该能够和言峥成为同桌，于是没继续找沈余麻烦，扬着高傲的下巴满面春风走回自己的座位。

同桌赵心怡从数学考卷上抬起头，闷闷不乐道："菲儿你好厉害，都没见你怎么复习就考了这么高的分，你看我数学分数乘以 2 都没你的高。看来我们注定没法继续当同桌了，你总分这么高，这次肯定能和言峥当同桌。"

罗菲儿翘着嘴角，拥抱了她一下："你别灰心，虽然我们没办法当同桌，但是我们还是好朋友啊！"

"唉，我考得这么糟糕，不知道老师会安排我跟谁同桌……你说老师要是安排我跟沈大胆同桌咋办？"

"放心，如果真的安排你们俩同桌，我就去帮你找老师说情。而且你考得也还好啊，你看我们班那个虞……虞什么的，当初分数排班上前十，现在总分班级排倒数第十名！"

"你说虞姗啊，"赵心怡望了一眼角落里总是低着头看不清脸的瘦弱女生，心情好了不少，"这么算来，我其实考得还好啊！"

对于这世上大多数人来说，所谓的安慰，不过是从别人身上找心理平衡罢了。

当天下午最后一节就是班会课，所以一整天，班级里除了讨论考试成绩之外，还在热烈讨论着谁跟谁会成为同桌。

罗菲儿分数在班上女生里属拔高的，她表现高调，一副势在必得的样子，导致许多人都以为这事情能成。于是，大家看沈余的目光就多了几分意味不明。

徐小胖觉得沈余在强颜欢笑，本着同学道义，他在班会课开始前好心提议，如果沈余找不到人当同桌，他可以勉为其难接收她，毕竟他没把沈余当女的看。

对于如此明目张胆挖墙脚的行为，言峥什么都没说，只是一个眼神扫过去，对方就立马圆润地滚了。

最后一节班会课，班主任张燕踩着高跟鞋笑眯眯出现在教室里。

这次她所带的班级总体成绩很不错，所以一开场就先表扬了学生们一番，随后又和颜悦色安慰和鼓励了一下成绩落差大的同学，紧接着总结了下最近班上出现的问题，又老生常谈说了班级纪律以及校规。

讲台底下有男生等不及，直接举手提问什么时候换座位，说等得太心焦了，古代凌迟处死也不过如此。整个班级哄笑声一片。张燕心情好，不再多说，直接结束上一个话题，开启全班座位大调整模式。

男女按照成绩各自排成两队，沈余笑容灿烂地站在女生队伍偏后的位置，隐约察觉到有人在看自己。她抬起头，正好撞见排在男生队伍首位的言峥还未来得及收回去的目光。那目光居然不似以往清冷，好似隐隐带着几分无奈却又饱含深意。

她没怎么放在心上，反倒眉飞色舞朝他挥了两下手，用口型说了两个字：再见。

言峥看着她嘚瑟的小模样，嘴角轻舒，慢悠悠收回目光。

不知怎的，胜券在握的沈余忽然涌起一种大事不妙的感觉……

果然，队伍一排好，班主任就给沈余来了个当头一棒！

“先告诉大家一个好消息，为了激励大家努力学习，以后每次大考，考第一名的同学，都可以自由选择自己的同桌。所以言峥同学，你想跟谁当同桌？”

这个所谓的好消息一宣布，果然杀伤力无穷，惊羡声无数。

沈余惊得当场咬到自己的舌头，默默在心里求爷爷告奶奶希望那个倒霉的目标不是自己。女生队伍前头时刻注意着言峥动静的罗菲儿，在听闻这个消息后，眼睛亮了亮。站她身后的女生悄悄凑到她耳旁说：“菲儿，我有预感，言峥这次一定会选择你。”

罗菲儿没回答，手里转动着先前忘记放回课桌的铅笔，嘴角快咧到了耳后根。

然而，能轻易猜透结局的，从来都不是人生。

窗外雨声淅沥，明晃晃的日光灯下，言峥双手插兜从容站在灯光下，宛如发光体。他目光在全班队伍里环视了一圈，最后停在沈余身上：“我觉得，沈余就挺好的。”

沈余听到自己的名字，脚底一滑差点摔了个四脚朝天。而罗菲儿在听见沈余的名字的瞬间，“啪”一声硬生生把手中的铅笔折成两段。

“怎么这样啊……”

“就是，我觉得菲儿比沈大胆那个男人婆好多了。”

“太不公平了，怎么会是沈大胆……”

“就算不是菲儿，那至少也应该是蔚大班长啊，男神跟男神在一起才是王道嘛……”

“菲儿你别气馁，我觉得肯定是沈余私底下死缠烂打，言峥才勉强选择她的……毕竟他们是邻居……”

这出乎意料的结果，引发了潮水般的议论。毕竟，大部分人都认为言峥这回肯定会选罗菲儿，就算退而求其次，他的选择对象也应该是班级里与之并驾齐驱的班长蔚帅，而不是吊车尾的沈余。

班主任拍了拍讲台，示意大家保持安静，并借机激励：“有想法的同学们，欢迎下次考试再接再厉，勇争第一！”

此言一出，学生们奇迹般安静下来。为什么？因为每天早上推开教室的门，看到言峥和蔚帅在，就觉得高中这三年当学霸完全没希望了啊！

座位终于全部安排好。

全班除沈余与言峥这对异性同桌外，还有罗菲儿与蔚帅这一对。

蔚帅初中就认识罗菲儿，见到她沉着一张脸，开玩笑说：“罗大公主，跟我同桌很掉价吗？好歹老同学一场，麻烦给点面子吧？怎么说我也是有粉丝的人啊！”

罗菲儿恶狠狠盯着沈余的方向，不答反问：“蔚帅，你觉得我跟沈余谁漂亮？”

“班上很多男生都很喜欢你这种类型的。”蔚帅摸摸下巴，煞有介事打量了两人一番，决定在面对被妒火冲昏头的女性时，全面贯彻“真话不全说假话全不说”的方针政策。

“那为什么言峥宁愿选沈余也不选我？”在她顺遂的人生里，从没有像现在这样被人忽视过。她觉得挫败，却又难以抑制地被对方吸引，这种管不住自己心的感觉，真是糟糕极了。

蔚帅一句话终结话题：“妹妹，你不知道天才脑袋瓜都是不正常的吗？”

悦耳的放学铃声划破雨幕中的校园，老早就收拾好书包等待下课的少男少女们听到铃响，纷纷背起书包冲到教室后头，拿上自己的雨伞就往外头跑。

沈余没精打采地坐在位子上，一直等到身旁讨人厌的同桌拿着伞离开教室，才起身去拿自己放在教室后头的雨伞。

可是，没有。原本放满雨伞的架子，此刻空荡荡的，什么都没有。

她找了一会儿，无意间瞥见罗菲儿以及赵心怡等几个女生正站在教室窗外盯着自己看，脸上满是幸灾乐祸。

低劣的恶作剧。她停止搜寻的动作，径自走出教室。

等她走到教室门口，罗菲儿等人已不见了踪影。她抬头望了一眼黑压压的天，以及越下越大的雨，心里却没有多余的情绪。有什么好难过的呢？反正从前又不是没有被捉弄过。

慢吞吞走到一楼，原本热闹的校园已经空了大半。

周围还有一些没有带雨伞而滞留的学生，可是没过多久，就有家长们冒雨赶来将他们接走。没有人注意到角落里孤独的她。很快，喧闹的校园便只剩下哗啦啦的雨声。

她羡慕地看着那些与父母相携离去的背影，一不小心就发起了呆。其实很久很久以前，她也曾期盼过这样温馨的场景，可是等到全校园的人都走光，她的父母最终都没有想起她，甚至还把家门反锁酣然大睡。失望一点点筑成了她心中的城墙，然后她就明白了一个道理——

下雨天，没有伞的孩子，光着脚也必须奔跑。因为没有人会关心你，也没有星光会等你，你只有拼命奔跑，才能努力不让自己掉队。否则，迷失了就迷失了，没有人会回头找你。

昏沉的天，愈发阴暗。

黑夜一点点蔓延，仿佛下一秒就要吞噬整个世界。

沈余眨了眨莫名湿润的眼睛，深吸一口气，两手拉紧书包背带，准备孤身冲入滂沱大雨里。

一只脚刚准备踏出去，雨水声中，她忽然听到有人在喊自己的名字，声音隐约有点熟悉。下一秒，她又觉得不可能。这世上，还有谁会记得她呢？

然而一抬眼，她就愣住了。裴禹撑着伞，踏着雨水在暮色中朝她走来，唇边带着温和笑意，像划过黑夜的一道光。

“裴禹师兄……你怎么还没走……”她小心翼翼开口，语带哽咽。

“你之前不是找我借美术方面的书籍？我早上带来学校，一直忘记交给你了。走吧，我送你回家。”

她的心墙在他的温柔面前，轰然崩塌。呐，就算全世界都遗忘了她，还有一个人记得她。她边哭边笑边点头，像个疯子。雨水拍打地面的声音，传到耳朵里，瞬间就变成了一首欢快的旋律。

裴禹替她拭去泪水，余光不易察觉地扫了一眼她身后某处，最后牵起她的手走进迷蒙的雨中。

陷入黑暗太久的人啊，遇见任何光亮，都会贪婪得舍不得放手。

沈余只知身旁的人是自己生命中的光，所以拼命抓在手里不想放手。直到后来她才发现，这所有一切，不过是，误会一场。

而此刻，她不知道的是，在她身后不远处，言峥拿着她那把被人藏起来的雨伞，静静伫立在昏黄的光影下，只要她一回头，就可以看见他。

可是她没有，一次都没有。

原本已经踏上回家路程却又因为裴禹而临时掉头的罗菲儿，从隐蔽的角落走出来，脸上神色因为意外发现的秘密显得惨白而难看。

到底沈余那个家伙有什么好的？自己喜欢的人居然一个两个都被她吸引！雨中那一对身影已经走远，她攥紧拳头忍了忍，终究压抑不住心中的妒火，朝沉默的少年吼道：“沈余到底有什么好？为什么你们都那么喜欢她？”她吼完，忍不住率先号啕大哭起来，“你看你对她再好有什么用？她又不会领情！而且你没看出来她喜欢的人是裴禹哥哥吗？我究竟哪里比不上她了……”

“那又如何？”言峥声调平缓，面上看不出一丝秘密被窥破的多余情绪。他也不等对方回复，说完便长腿一迈，走进了大雨里。

那个家伙，偏执倔强迟钝又没安全感，撞了南墙头破血流也不知道回首看一看身后，可那又怎样？他就是，喜欢她。

学校门口的音像店里，隐隐飘来男歌手沙哑感性却又穿透人心的嗓音：

春风再美也比不上你的笑，没见过你的人不会明了。是鬼迷了心窍也好，是前世的姻缘也好，然而这一切已不再重要，我愿意随你到天涯海角……

[3]

俗话说，一场秋雨一场凉。

在连续下了近半个月的雨水后，天气终于放晴，但却处处充满了凉意。

沈余背着书包，哼着不成调的曲子，从楼梯欢快地跑下来，在小区门口见到推着单车的言峥时，还主动打了声招呼：“嗨，早上好啊！”

言峥淡淡地瞥了她一眼，无声收回目光，随后骑上单车径自从她身旁一掠而过。

沈余被甩了一脸秋风，站原地愣了好一会儿，才反应过来自己这是被无视了。

“腿长了不起啊！”前方的身影早已远去，明知对方听不见，沈余还是忍不住对着空气挥了挥拳头。幼稚的行为惹来周边过路人的侧目，她无趣地摸了摸鼻子，赶紧往公交站台跑去。

教室内，早已有勤奋的女同学在埋头苦读。

靠窗的座位上，言峥正坐姿标准地在看书。沈余好奇地瞄了下他摊在桌面上的杂志，连书包都没放下就惊讶道：“哟，你什么时候开始看这么高深的英文杂志啦？找老师借的吧？看得懂吗？可千万别不懂装懂啊……”

言峥缓缓从书中抬起头，看着眼前没心没肺的话痨，免不了又想起那天晚上她跟别人共撑一把伞离开的画面，以及她站在小区门口傻傻回望的模样，语气顿时有些不好：“让开，你挡住光了。”

沈余自讨没趣，把书包往自己的抽屉里一塞，不再主动搭理他。她深刻怀疑身旁这家伙最近是不是来大姨妈了……以前本来就不太正常，现在好像更加不正常了……

不过这个问题只影响了沈余一小会儿，接着就被她抛诸脑后。老师一宣布下课，她就拿起书包里那本借来的课外书籍迫不及待直奔高三楼。

裴禹所在的班级还未下课，她只好站在走廊安静等待。有秋风打滚而过，她忍不住打了个冷战，可心里却暖暖的。

自打那晚裴禹送她回家，两人之间的关系好像有了质的飞跃。像朋友，又似乎比朋友更近一点。

特别是在那之后，他依据她的喜好，陆续推荐了几本优质的美术与设计类相关的书籍，并且还把书本全部带到了学校。他让她慢慢看，如若看完就直接去他班级找他还书，有不懂的也可以直接来找他。

她暗藏私心，便一口应答了下来。十月还未结束，她就往高三楼跑了无数次。班上有女生嘲讽她司马昭之心路人皆知，她充耳不闻，全然不在意。

此刻，走廊上聚集着不少已经下课的高三学生。他们目光落在沈余身上，不知道在低声议论什么。每次沈余好奇的目光望过去，他们就立即讪笑移开了目光。

这个谜团，直到裴禹下课才揭开答案。

裴禹将她后背上粘着的一张纸撕下来递给她："你们班的人怎么这么无聊，居然开这种玩笑。"

沈余低头看着纸张上面"我很贱"三个清晰的大字，慢慢将手中的纸张捏成了一团。自月考过后的第一次班会课结束，班上的女生开始有意无意地组团排挤她。从课堂上的排挤再到玩不烂的贴纸条恶作剧，一次次挑战她的底线，这群人真的以为她好欺负？

她敛了敛情绪，扬着笑，将手中的书本还给裴禹：“还有一本书，等我看完再还给师兄。快上课了，那我先回教室啦！”

裴禹点点头，目送着她的身影消失在楼梯口。

有同班女同学在他身边停下，跟他开玩笑说：“裴大班长魅力真大，连高一的小学妹都被你迷得晕头转向，天天往咱们教室跑。话说，你喜欢的不会就是这种清汤挂面的类型吧？咱们家漂亮的菲儿妹妹还不得伤心死呀！”

裴禹笑了笑，否认说：“怎么可能，只是一起学习画画的后辈而已。别忘了，本校校规之一，严禁早恋。”

女同学嗤笑了一声：“敢情是被厚脸皮小学妹缠上了啊！我就说你怎么舍得让菲儿小妹妹伤心呢。不过上有政策下有对策，只要不被抓到，怕什么！”

裴禹没接话，心里在想什么，除了他自己，再无人知晓。

彼时，沈余紧紧捏着手中的纸团，一路脚下生风回到了自己的班级。

抵达门口时，几个女生故意堵在那里聊天，不让她进去。

她不打算妥协绕道走班级后门，直接把脸一沉，不客气道：“滚开！”

女生们对她之前和罗菲儿吵架那一幕还记忆犹新，只是最近见她无论被怎么偷整都不吭声，于是胆子渐渐大了起来。可她这会儿沉着脸，一副山雨欲来的样子，这些欺软怕硬的家伙便又有些胆怯了。

其中一个胆子稍微大点的，平素跟罗菲儿、赵心怡比较好，因知道罗菲儿将会邀请一些玩得好的女生参加下个月的生日舞会，这会儿就有心想在罗菲儿面前刷存在感。于是，她双手往腰上一叉，蛮横反驳说：“想进教室你不会从另一个门走吗？你眼瞎啊！”

沈余终于忍无可忍，要爆发之际，一个冷冷的男声忽然插了进来：“让开——”

剑拔弩张的众人，集体愣住。望向声源处，发现言峥不知何时站在她们身后，双手插兜，神色平淡，明明看不出丝毫情绪，却让人莫名心生畏惧。

所有人都不约而同往后退了一步，步伐一致宛如正在上演的默剧。那个挺拔的身影从容穿过人群，忽又顿住脚步，回头朝身后表情呆傻的短发女孩说：“还不跟上？”

沈余对上他微蹙的眉目，反应过来他在跟自己说话后，诧异地张大嘴巴，然后在他渐显不耐烦的神色里，选择迅速跟上去。

清亮的上课铃声适时划破教室，几乎所有人都以为事件会就此消停。

谁料，原本跟在言峥身后的沈余却步伐一拐，走到了罗菲儿的面前。她将手中一直捏握的纸团大力拍在桌面上，开门见山地质问：“这种卑劣的恶作剧很好玩吗？”

罗菲儿打开纸团，看到上面熟悉的字迹，故作惊讶道：“唉，形容得还挺贴切嘛！”

沈余沉下脸，咬牙切齿道：“罗、菲、儿，你什么意思？”

罗菲儿双手抱胸，笑容挑衅：“字面上的意思。”

沈余气得抓起手边最近的课本就要往罗菲儿脸上砸去，蔚帅眼见女生间的小摩擦马上要升级成流血大事件，赶紧一把夺过作案工具：“沈大胆，一点小问题，没必要动真格吧？”

沈余反驳说：“小问题？小问题你顶着这纸条把校园逛一遍试试看啊？”

蔚帅看到纸团上的字，眼角微微抽了抽，嘴里还是劝道：“沈大胆，同学之间要和谐友爱，有话好好说，别动手就打人，太粗鲁了。”

他说完，又将目光转向自己的同桌，“罗菲儿，你做错事就跟沈大胆道个歉，再握个手和解，以后还是好同学嘛！”

话音刚落，眼前的两个女生炮火一致对准他：“蔚帅，你到底帮谁？”

他无辜地摊手耸肩：“我选正义。”

这节课是语文课，教室门外，其实语文老师已经站了有一小会儿，见五分钟过去里头的争吵还没休止，于是眉一拧，走了进去。

他把讲义往讲台上用力一摔，训道：“你们俩吵完了吗？整栋楼就你们班最吵！没吵完，等下课来我办公室继续，现在别影响大家学习！”

罗菲儿恶人先告状“老师，事情是沈余先挑起的，不关我的事。”

沈余直接把桌上皱巴巴的纸张拿回来，交给发火的语文老师：“老师，事情的争端是因为罗菲儿同学在我后背贴了这张纸条，所以我才找她理论的。”

语文老师平素最注重传统，此刻看到纸张上像极罗菲儿的字迹，立即严肃道：“你们来学校的主要目的是什么？是学习！学习不单单指考卷上的成绩，还有道德品质！我们一中将近百年的历史，学校的办学宗旨是品德第一，所以道德观和学习成绩受到同样的重视！同学之间应该做到最基本的相互尊重，最忌讳的就是说长道短，语出伤人。己所不欲勿施于人，我不希望我林德成教出来的学生，以后变成这个社会上的害虫！罗菲儿同学，这节课，拿上你的课本，站门口好好反省反省！”

整个班级一片寂静，没有人敢反驳老师的话语。

从来都是师生眼中优秀代表的罗菲儿听到最后这句话，下唇紧咬，磨蹭了许久，见事情没有回转的余地，才委屈地从位子上站起来，拿着自己的语文课本向门口走去。

走到门口，她愤愤地回头去瞪沈余。沈余低头看着课本，没接收到她的愤怒，反倒是一旁的言峥似有察觉般抬起头迎上了她的目光。她以为对方会帮自己在老师面前说好话，期待跃上心头。可希望越大失望就越大，那人清俊的眉只是微微挑了下，然后缓缓勾起了嘴角，笑容中似有无限嘲意。

她当场煞白了一张脸。

走廊上，偶尔有其他班上体育课的学生从（1）班经过，看到罗菲儿被罚站，不由议论纷纷。没过多久，裴禹与几个高三学生跟在一名老师身后打（1）班门口经过。

罗菲儿看见裴禹那一瞬，恨不得将脑袋瓜埋进尘埃里。可是没有用，无论她再怎么用课本遮脸，裴禹还是一眼就认出了她。他语气惊诧：“菲菲，你怎么站在外面？”

她咬着下唇，低头不敢看他。

“被老师罚站？”裴禹长这么大第一次看到罗菲儿被罚站，笑着打趣说：“菲菲，你干什么坏事了？看来晚上回家我有必要找叔叔阿姨告告状了。”

她闻言，瞬间抬起苍白的脸，低低哀求：“裴禹哥哥……”

裴禹看到她仿佛天塌下来的表情，不再开她的玩笑：“好了好了，不逗你了。知错能改善莫大焉，你乖乖听课，我先走了。晚上你自己先回家。”

裴禹说完，快步追上前方的同学，留给她一个远去的背影。

从未如此丢脸的罗菲儿站在原地，攥着课本的十指用力到泛白，嫉恨的目光如毒箭般射向教室里的沈余，恨不得戳进对方心窝。

从小到大，她都是众人目光的焦点。在升入高中之前，她对高中怀抱了美好的幻想与期待，可沈余的出现，让这一切都成了泡影。最宠爱她的裴禹哥哥，第一个找的人再也不是她，放学后也很少跟她一起回家，甚至还为了沈余训斥她。那个她在中考时一见钟情的男生，现在更是对她不屑一顾。而导致这一切的罪魁祸首，都是因为沈余！

恨意汹涌，瞬间将她湮灭。

接下来一整天的时间里，罗菲儿看向沈余的目光都带着怨恨。

不过沈余才不在意罗菲儿对自己的看法呢。罗菲儿于她而言，仅仅是青春时光里一个无关紧要的过客罢了。

唯一纠结的是，这个过客有点难缠，总爱给她平静的生活制造些麻烦。

例如，身为当天值日生的她，在放学的时候，明显发现班级地板的垃圾数量比往日多了好几倍。最关键，都是些难清理的碎纸屑。

由于第二天就是周六，等沈余打扫完教室以及走道上的卫生，原本热闹的教学楼已经基本上空了。

沈余锁好教室门窗，没有急着回家，而是背上书包拐去洗手间解决人生大事。不知是不是错觉，从教室到洗手间的路上，她老觉得身后有人在跟着自己，可每次转过头去看，都没发现任何身影。

不过刚走进洗手间，沈余就吓了一跳。因为原本以为空无一人的洗手池前正站着一个短发女生。洗手间里不太明亮的光线下，女生鲜艳的红唇与过于惨白的脸形成了鲜明的对比。在她打量对方的同时，对方也透过镜子目光阴冷地盯着她看……

几秒的对视后，沈余率先收回目光，转身进了厕所。

然而厕所遮挡门刚刚关上不到十秒钟，沈余突然“啊”的一声尖叫了起来。只见狭小的空间里，不知怎的就下起了冷雨，毫无防备的她被淋了个正着，并且很快就被淋成了落汤鸡。她赶紧用手遮挡持续不间断的“雨水”，并艰难地抬头查看究竟发生了何事。

等她发现厕所遮挡门与天花板之间不足四十厘米宽的空隙里，莫名多出来的半截黑色水管口时，顿时错愕在当场。整个洗手间，除了她自己，就只剩下外头那位短发女生，可想而知捣鬼的人是谁了。

厕所遮挡门不知何时从外面被挡上，任凭沈余怎么推都没法打开，她气得边踹门边大吼："有病啊快点开门！有什么恩怨当面解决，背后放冷箭算什么本事啊！神经病！"

门内，任凭沈余吼破嗓都没有得到一丝回应，唯有头顶上方越下越大的"雨水"证明着这不是一场意外。而门外，手拿黑色水管的短发女生与尾随沈余而至并拿东西锁门的临时盟友罗菲儿相视一笑。

嫉妒心真是这世上最可怕的东西，它让人失去理智，变得面目可憎，却犹不自知。

短暂又漫长的恶作剧终于结束，轻微的脚步声伴随着轻快的笑声渐渐远去。

天光一点点暗淡下去，橘黄色的灯光无力地照下来，这里就仿佛被遗忘的一角，唯有嘀嘀嗒嗒的水声在孤寂的空气中回响。

阳光再强大，也有照不到的地方，更何况微弱的灯光。偌大的洗手间里，沈余整个人被阴影笼罩，咬破的渗着血的下唇与惨白的面色形成鲜明的对比。寒意从湿漉漉的衣服侵入四肢百骸，她搂紧自己的双臂蜷缩成一团，仿佛这样就能抵御刺骨的寒冷。

脑袋瓜渐渐昏沉，眼皮也越来越沉重，她觉得自己简直病入膏盲了。因为她居然以为外头有人在呼喊自己的名字……她忍不住想放声大笑，笑此刻的狼狈处境，也笑心头那残存的幻想，奈何使不出气力。强撑的意志力散失殆尽，她放弃挣扎，任凭无边的黑暗将自己吞噬。

心死就不伤悲，明知爱很珍贵。

沈余仿佛做了一个可怕冗长的梦。

梦中漆黑一片，她被人推下高崖，却坠不到底端，只能一直笼罩在失去重心的恐惧里。周围猖狂嘲弄的笑声，犹如插进心脏的刀，永远拔不出来。

不知过了多久，一缕微光照射进来，黑暗被驱散，世界亮了起来，紧接着她落入一具温暖的胸膛。

“小鱼儿……小鱼儿……”耳畔似乎有个熟悉的声音，在急切地呼唤着，那个很多年都不再被叫起的小名。

沈余困得不想应答，却耐不住对方的坚持，最终气恼地微掀开眼皮。映入眼帘的，是少年焦急慌张却隐约透着害怕的神情。她明显呆住，完全没料到深更半夜来寻找她的人，竟然会是言峥……

言峥看到她醒来，悄悄松了口气：“我们回家。”

他笑容温暖，语气温柔，充满安抚人心的力量。沈余蓦地忆起儿时玩捉迷藏的游戏，小伙伴们找不到她就都跑光了。唯有他，永远都会耐心找到她，然后牵着她的手温柔地说，我们回家。回忆汹涌，他对她的好如慢电影一一回放，她忽然就泪流满面。她以为在成长的道路上，两人已经各自走远，却原来没有。他永远站在她身后，只要她需要，他就会出现。

“对不起……”这些年，她总是固执地将过错归咎于他，却从不曾好好想一想，他又何其无辜呢？

言峥伸手轻拭去她脸上的泪，微笑着没说话。

回去的路上，繁星似一颗颗镶在天幕上的明珠，散发着闪耀的光芒。

出租车停在小区门口，言峥弯下腰将沈余背在身后，却意外看见不远处昏黄的路灯光下，与一个衣着得体的陌生男人搂抱的徐丽女士。沈余察觉他的异样，抬眼望过去的时候，徐丽早已从男人的怀抱中抽身，正微笑挥手与对方道别。

沈余以为母亲在跟友人道别，怕被其看见后又无端挨骂，于是摇晃了下言峥的手臂示意他赶紧撤离。她趴在言峥的背上，也因此没有发现言峥眼底的凝重之色。

第五章
生日会

[1]

沈余再次见到言峥，是在周一早上的小区门口。

她背着书包站在小区门口的流动摊位前等煎饼，言峥骑着单车从里头出来。她犹豫了一下，在擦肩而过的那一瞬，叫住了他。

言峥微微刹住车，无声地回头看她。

四目相对的那一刹那，沈余也不知道自己究竟怎么了，忽然觉得很紧张。于是，原本要脱口而出的道谢的话语，突然就变成了——

“煎饼果子来一套？”话一脱口而出，她差点咬舌自尽。

言峥眼里闪过一丝飞快地笑意：“我吃过了。”

“哦。”沈余有些尴尬地站在原地，不知该如何继续这个话题。正好身后的摊贩老板提醒她煎饼已经做好，她索性直接转回头去付钱。

待摊贩老板将零钱找给她后，她转身，原来的那个位置已经空了。她抬头望向少年骑着单车已经远去的背影，懊恼地抓了抓头发。

对一个针锋相对了很久的人示好，还真是让人不适应啊！

沈余混在早晨上学的公交车乘客大军里，一路纠结到了学校，最终她决定在双方重修旧好的道路上主动点，就当是看在那天晚上的救命之恩上。

早上升国旗一结束，沈余立即噔噔噔跑到学校小卖部花重金买了两瓶饮料以及两包辣条。气喘吁吁跑回教室后，她豪气万丈地将手中的饮料和辣条往某人面前一放，然后拉过徐小胖的空椅子，一屁股坐了下去。

言峥看了看桌上突然多出来的零食饮料，不明所以地扫了她一眼："你干什么？作业没写？"

沈余听到他的话，一个踉跄，差点当场人仰椅翻。她小时候每次作业没写，第二天就会买零食贿赂他，然后死乞白赖地让他帮自己作弊。这都多少年前的黑历史了，这家伙还记得这么清楚，心眼简直比针孔还小！

她不满地白了他一眼，粗鲁地将其中一瓶饮料塞进他手里，然后自己拿起另一瓶与他碰杯："为了庆祝世界人民大团结，干杯！"

沈余说完，也不等言峥的反应，径自打开瓶盖，仰头大口喝了起来。阳光斜斜地映照着她的侧脸，此时的她少了平日的张牙舞爪以及故作凶狠的保护色，显露出少女独有的柔和。

言峥看着少女的侧脸，嘴角微扬，喝下了手中的和解饮料。

罗菲儿挽着赵心怡从教室门口走进来，撞见这一幕，原本灿烂的笑脸顿时沉了下来，冷哼了一声，快步走回自己的座位。

赵心怡跟在身后，小心翼翼地看了一眼她的脸色，小声说："那天晚上我们走的时候她都没出来，我还以为她今天没办法来学校了呢……"

罗菲儿面色不虞道："高中三年还长着，我倒想看看她能嚣张多久！”

赵心怡轻轻晃了晃她的手臂，劝道：“好啦，大早上的，我们别让讨厌的人影响了好心情。你生日快到了，打算邀请班级里的哪些同学参加呀？”

罗菲儿看着不远处正与沈余聊天的言峥，脸上神情透着势在必得：“大家都刚刚加入（1）班这个新集体，所以我打算邀请班上的同学都来玩，彼此增进一下同学之情。邀请函我已经全部准备好了，你的那张改天我先带过来给你，其他人的晚点再给。我和裴禹哥哥在同一天生日，所以我们俩的生日会每年都会在一起举办，等到时候生日会，我介绍一些新朋友给你认识。”

“嗯嗯嗯，菲儿你对我真好。”赵心怡早就知道罗菲儿与裴禹两人的生日在一起举办，在确定自己会被邀请参加后，嘴角咧到了耳边。不过随即她又有些担忧：“菲儿你邀请的同学是不是也包括……”

罗菲儿朝她灿烂一笑：“你放心吧，一些讨厌的阿猫阿狗皆不在我的邀请之列。”

罗菲儿与赵心怡的窃窃私语以及不友善的目光，沈余丝毫没放在心上。她用余光偷瞄言峥喝了一半的饮料，悄悄松了口气。这么多年的死对头，忽然和解，总觉得有些恍然如梦。

当天早上最后一节是物理课。

沈余向来不喜欢物理课，外加这几天睡眠质量不好，所以白天难免犯困。当她正昏昏欲睡之际，一个粉笔头突然飞了过来，正中她脑门。

中年男老师不苟言笑的声音在偌大的教室内响起："沈余同学，你上来解答一下这道题目。"

沈余条件反射，"噌"的一下站起身，眼神茫然地看了看黑板，然后又看了看身旁之人干干净净的解题本，没动。

男老师有些不悦："还愣着干吗？上来把这道题解一下。"

沈余心虚地摸了摸鼻子，正准备认命反省错误，身旁的言大学霸突然无声地将自己的解题本推移至她面前。只见那原本干净的本子上，此刻已经工整写着该题的每个解答步骤以及最终答案。

沈余眼睛一亮，抓起解题本快步走上讲台，将答案照抄一遍，然后昂首挺胸走回座位。

男老师看着她的解题步骤，默默将批评的话语咽回肚里，只是叮嘱了几句上课要好好听讲云云。

沈余逃过一劫，心怀感激地在解题本上写了一句："谢谢！"

言峥提笔在后面画了只形象生动的简笔猪。

沈余敢怒不敢言，毕竟以后她说不定还得多多仰仗身旁之人，所以最终只得用一连串毫无威慑力的感叹号表达了自己的愤怒。

经过这一插曲，两人间的相处倒是正常多了。

中午放学，沈余跟着人群往外冲，后领突然被某人一把拽住。

“去哪？车棚在这边。”

“食堂啊！徐丽女士说中午煮饭太麻烦，这段时间都不开伙了。”沈余掏出兜里的钞票晃了晃，“她难得这么大方，我得早点去食堂点盘红烧排骨庆祝一下，晚了都被抢光了。”

言峥皱眉思考几秒，问：“你接下来都在学校食堂吃午饭？”

沈余有些纳闷地看了他一眼，诚实地点点头，随后挣脱他的魔爪，朝食堂飞奔而去。

言峥站在原地，看着她跑远的身影，若有所思。

热闹的食堂里，千辛万苦终于抢到食堂最后一份糖醋排骨的沈余同学，刚刚夹起一块排骨正要放嘴里，蓦地听到一个异常耳熟的声音问：“这个位子有人吗？”

沈余一抬头，哇靠，惊吓来得太突然，简直防不胜防！原本以为已经回家吃午饭的言某人，此时此刻，居然端着餐盘活生生站在自己面前！

沈余当场手一抖，大块的排骨“咚”一声落在桌面上。她痛心疾首地看着那块掉落的排骨，气不打一处来：“你怎么在这？”

言峥已经放下餐盘，在她面前的位子坐下。相对比她的气愤，他显得十分淡定：“哦，怕你太孤单。”

“……”沈余被他一本正经胡说八道的话语噎住，大脑搜罗一圈都没找到反击的词，于是只好泄愤似的把嘴里的排骨当成某人，咬得咯吱作响。

言峥似毫无所察，反倒看着她餐盘里迅速消失的排骨，评价道：“糖醋排骨遇上你，也算死得其所。”

沈余忍无可忍，筷子一伸，抢过了他餐盘里的未开动的红烧狮子头，迅速放进自己嘴里。她吃干抹净，还不忘嘚瑟道：“食不语寝不言知不知道？废话那么多，你的红烧狮子头都等急了。”

言峥看着她小人得志的模样，忍不住勾了勾唇角，好心把剩下的另外一颗红烧狮子头放进她的盘子里。

沈余行动快过意识，瞬间护住自己的排骨：“你想干什么？”

示好被误解的言峥嘴角微微抽了抽，用她早上的话语堵住她的嘴：“庆祝世界人民大团结。”

午间，陆陆续续有同学回到教室学习。

这年头，能上重点高中的自律性都不会太差。刚开始还有人聚在一起聊天，但没多久聊天声便淡了下去，整个教室只有“沙沙”的书写声蔓延。

沈余做了一会儿作业，熬不住困意，最终头一歪，趴在了课桌上。不过这一觉睡得并不安稳，因为窗外烦人的阳光正好落在她脸上。她换了好几个姿势，最后还是身旁的人看不下去，拿起化学课本立在桌上，恰好替她挡住了恼人的阳光。

距离下午第一节课剩几分钟之际，罗菲儿施施然出现。

她先是扫了一眼言峥所在的方向，然后把书包放回座位，并从中掏出一张精致的邀请函，随后径自朝言峥所在的方向走去。

她声音清亮，漂亮的笑容透着几分骄傲与自信："言峥同学，我想邀请你来参加我的生日聚会，时间是二十五日傍晚六点。"

言峥正低头在做往届国际化学奥林匹克竞赛的题目，没有抬头就直接回绝："抱歉，没兴趣。"

罗菲儿被落了面子，顿时不太高兴，却仍然保持着脸上的笑容，说："现在距离二十五日还有一段时间，你那天要是有事正好可以提早调整一下嘛！你可是我第一个邀请的人，大家都是同学，你不会真的这么不给面子吧？而且除了你，我还邀请了班上很多同学，都是认识的人，你不用担心会不自在。"

罗菲儿心底对于言峥是否会答应邀请，其实也没有底。所以此番她说完，不等对方回应，直接将手中的邀请函往书桌最上面那本书籍里一塞，快步走回自己的座位。

言峥依旧没抬头，从容将题目的答案填好，然后皱着眉找出那张邀请函走到罗菲儿的座位，二话不说将邀请函扔在桌上，转身走人。

罗菲儿脸色一下子变得难看起来，愤怒又委屈。班上好奇的目光投过来，她咬紧牙关，强忍住想哭的冲动，将邀请函收了起来，然而却没有因此死心。因为这世上，迷人的山峰越险峻，便越能激发人的征服欲。他越高冷疏离，她便越想征服他。

言峥自然不知对方心中所想。

他刚走回自己的座位，他的那位像死猪般睡了一中午的同桌立即挤眉弄眼靠了过来。

“哟嘿，艳福不浅呀！不过你这家伙也太不解风情了，瞅瞅把人家班花弄哭了，小心班花后援团一人一口唾沫把你淹咯。”沈余用余光瞥了眼被几个女生安慰的罗菲儿，有点幸灾乐祸。

徐小胖肥着胆接过话茬：“对啊，言老大你也太不近人情了！人家菲儿好心好意邀请你去参加生日会，你说你要拒绝好歹也说得委婉点……”

言峥冷眉一蹙，徐小胖余下的话瞬间消音。

沈余被徐小胖的怂样乐到：“啧，可惜你们家神女有心，我们家襄王无梦啊哈哈哈！”

徐小胖忍不住反驳：“你们家？你们俩不是死对头吗？言老大什么时候成你们家的了？”

沈余还没开口呢，一旁的言某人已经眉梢一挑，反问：“怎么，有意见？”

“没没没，你们俩是一家！”徐小胖拿起英语课本开始装死，沈余在旁哈哈大笑。言峥将某人没心没肺的样子收藏在眼底，目光一片温和。

教室另一隅的罗菲儿听到笑声，只觉得沈余是在笑话自己。

想起今天中午裴禹特意交代她，让她邀请沈余参加双方的生日会，她心中愈发恼恨，当下决定把裴禹的话当耳旁风。

[2]

裴禹本来是想让罗菲儿帮忙邀请沈余来参加自己的生日会，谁知等了几天，沈余那边都没有动静。其间，他询问了罗菲儿一次，结果小公主当场发脾气甚至说出要和他绝交的气话。他有些无奈，哄了好几天，才把人给哄好。不过怕小公主再闹脾气，他接下来一段时间都没有再提起邀请沈余来参加生日会的事情，同时也做好放弃邀请沈余的决定。

可就在他生日会前一周，沈余来交还借的最后一本书籍，两人闲聊之间，他临时又改变了主意。

原因是，在双方闲聊之际，沈余说："师兄，谢谢你的书，改天请你喝饮料哈。不过接下来我要专注学业，所以暂时不找你借其他书籍啦！"

裴禹每次面对沈余的时候，其实心情都很复杂。当他听说沈余想要认真学习的瞬间，低敛的目光里闪过一丝嘲讽。可是重新看向沈余时，那双眼睛里又充满了谦和与良善。

"分配好时间，看课外书并不会影响到课业。不过认真投入学习毕竟是件好事，加油！"他说着，又颇为遗憾地叹了口气，"这么看来，小余你是不是就没时间来参加我下周的生日会了？真可惜，我本来还打算邀请你当我的舞伴。"

“啊？”沈余听到这个消息着实愣住，脸上难掩雀跃。她很想立刻抛开矜持，说自己很愿意接受邀请。但是转念想到罗菲儿，她又有些迟疑。她可不希望看到自己喜欢的人为难。还有一个重要的原因，她与言峥有约了。

“我……”其实，在沈余来归还书籍的前两天，学校公布了进入全国高中化学竞赛决赛的名单，言峥的大名赫然在列。沈余好心好意去恭喜言峥，谁知聊着聊着话题就偏了。被言大学霸言语刺激到的沈余，当场夸下海口说自己期末考试会进入年段一百名，让对方刮目相看。于是，双方就打了个赌……

最后，言峥说为了公平起见，他每周六晚上可以勉为其难抽点时间辅导她，免得她到时候输了反悔不认账。沈余最受不得激将法，当场就答应了。而裴禹的生日会，恰好与约定的辅导时间冲突……

“怎么，你那天跟别人有约了？”

沈余纠结地挠了挠头：“我跟朋友约好一起复习……”

裴禹大方一笑：“没关系，没时间来就算了，只是一个生日会而已，年年都会有，不是什么大事。看来明年我得早点来预约才行。”

沈余听他这么一说，冲动之下，脱口就道：“师兄你放心，我一定准时到场！”

裴禹表现得很高兴：“那就这么说定了，我到时候来接你。”

沈余在答应参加裴禹的生日会后，想起与言峥的约定，顿时有些头大。

如果爱记仇的言大学霸知道她为了参加裴禹的生日会而放他鸽子，后果简直不敢想象！要不然，她还是先别说了，反正船到桥头自然直！

只是想虽这么想，但随时间一点点逼近，每次面对言峥，沈余就心虚得不敢与之对视。最终，生日会的前一天中午，沈余豁出去，下血本在食堂大方地请言峥吃了一顿午餐！

言峥见她主动付钱，挑了挑眉，没说什么。这段时间以来，两人在食堂吃午饭，每次都是嘴馋的她主动来打劫他餐盘里的肉，今天居然这么好心？只是看她一脸壮士断腕的表情，他又觉得想笑。于是，为了搞懂她的目的，他没有拒绝她埋单的行为。

慢悠悠吃完这顿丰盛的午饭，他才老神在在地开口："说吧，什么事？"

沈余干笑："呵呵呵，果然不愧是青梅竹马！那个我想跟你商量……"

沈余觉得自己简直不作死不会死！早知道她不冲动打赌，不就没现在这么多事情了嘛！重点高中的年段一百名，没有言峥给自己补习，基本没戏。

想了想干瘪的钱包，再想了想接下来要撒的谎，她就觉得人生太艰难了！可是明明心里苦，她表面上还是要保持微笑。哎呀，做人真难！

"嗯？"

"我明晚想请个假。"沈余笑得脸颊肌肉有些酸。

“理由？”

“我月经来了，身体不太舒服……”思来想去，沈余觉得这个理由最好！

“噗——”低头喝水的言峥当场被呛到，突然又觉得哪里不太对劲。他抬头看着沈余手中的冷饮，不由细微地眯了眯眼。

沈余被他看得发毛，正待开口，却见他身体忽地往前一倾，唇角一扬，露出迷人的微笑：“冷饮好喝吗？”

“还……行……”怪只怪对方低着声音微笑的样子，实在太迷人。沈余被眼前的美色迷花了眼，导致大脑不清醒，以至于没有发现自己已经暴露这个可能。

“女性经期不宜吃生冷食物，容易降低血液循环的速度，进而影响子宫的收缩以及经血的排除，致经血排出不利，引起月经痛。”言峥伸手拿走她的饮料，忽地话锋一转，“今天是24号？”

“是、是啊……”沈余此刻有些蒙，大脑还停留在他那一连串教科书式的经期科普上。

“我记得，上次在小区门口超市碰见你的时候，好像是五号？”

“！”沈余猛然间惊醒过来，瞪着眼前似笑非笑的家伙，半天说不出话！因为经过提醒，她想起自己月初的时候去小区门口的超市买姨妈巾，正好在收银台撞见他……

妈哒！这年头，还有什么事比撒谎被当场揭穿更令人生无可恋？

言峥很满意沈余的反应，语气愈发温和：“所以，小鱼儿，你周六晚上到底要去干什么？”

沈余看着他的笑，发觉他还是冰山脸比较顺眼！她赶紧转移话题：“哎呀，问那么多干吗？反正我已经提前告知你啦！正好你再过几个月不是要去参加全国化学决赛？你抓紧时间多做几套习题。吃完了吗？吃完走咯！”

不知道她自己注意到了没有，每次她心虚的时候，话就特别多。言峥深深地看了她一眼，没有再追问。她与他，终于都有了各自的秘密。

周五下午第二节课的下课铃一响，教室里的学生们瞬间蜂拥而出。

沈余忙着去给裴禹挑选生日礼物，所以讲台上的老师刚宣布下课，她立马背起书包，连招呼都忘记跟言峥打，一溜烟没了踪影。

徐小胖被沈余矫健的身姿惊到：“哇靠，风一般的女子！强烈建议明年运动会，让沈大胆报名长跑项目……唉，言老大，你知道她去干什么吗？”

言峥没搭理他，拎起书包出门去了化学实验室。全国化学竞赛决赛的考试包括两部分，理论竞赛以及实验竞赛。在进入决赛的名单出炉后，学校便将他们这几个学生组织在一块，单独安排了时间进行赛前特训。而下午的课程，是练习历届化学竞赛中出现过的化学实验题。

徐小胖摸摸下巴，望着言峥离开的身影，装出一脸高深莫测的样子：“我敢打赌，这两人，绝对有猫腻！”

陈枫白了同桌徐小胖一眼：“你想太多了。我之前在书店以及精品店碰到沈余，看到她在挑礼物送人。你说，会不会是送给高三那个裴禹学长的？”

“啧，菲儿不是邀请了咱俩嘛，明晚去了就知道啦！对了，你送什么生日礼物？”

“相册……里面贴上我平常帮罗菲儿抓拍的美照。你呢？”陈枫是个摄影发烧友，对自己的拍照水平很有信心。

“我打算送发夹。不过我选择困难症啊，要不用你专业的眼光帮我挑一个？”徐小胖问完，也不等陈枫回答，拽起他的胳膊就兴冲冲往教室外走去。

随着放学的人潮的退去，热闹的校园清静不少。

化学实验室里，几个穿着校服的男生正在聚精会神地做实验。带课的老师在旁巡视，偶尔指点几句。在经过言峥身旁时，观看了会儿，便满意地点了点头。

时间一点点走过，等实验课结束，天色已经黑了。

冬日的冷风迎面吹来，言峥下意识紧了紧衣领。教学楼里，还有高三年级的学生在听讲。他刚走到一楼楼梯口，就听见身后有焦急的脚步声传来。

“喂，言峥——”清亮的女声在安静的楼道里响起。

“有事？”言峥微微侧过头去，看见来人，细微地皱了皱眉。

“我……”罗菲儿握着邀请卡，边喘气边道：“你、你明晚能来参加我的生日会吗？”

“没兴趣。”言峥不耐烦地转身就走。

“你真的不来吗？不来你别后悔！”三番五次被拒绝，罗菲儿沮丧又不甘。

余声回荡，少年却走得毫不犹豫。罗菲儿急了，顾不得骄傲，大声喊道：“沈余也会去，她答应当裴禹哥哥的舞伴！”

言峥往前迈的步伐一滞，再次转过身去：“你说什么？”

罗菲儿对上他犀利又冰冷的目光，不知怎的瑟缩了一下，“明天晚上，沈余也会参加生日会……”

言峥在听完罗菲儿说的话后，回想起沈余近日的种种反常，脸色沉了下来。原来，这就是她千方百计想隐瞒的秘密……

可是如果她坦白告诉他，他何至于郁结至此？

言峥薄唇紧抿，忍住胸腔内满溢的怒火：“邀请卡呢？”

“哦。”罗菲儿赶紧把东西给他，心里既得意又嫉妒。因为，她发现，眼前这个油盐不进的孤傲少年，只有一个软肋，那就是，沈余。

[3]

生日会当天下午，沈余收到裴禹让人送来的礼物。她打开才发现，盒子里装的是一件精致漂亮的浅粉色礼裙以及同色系的单鞋。

长这么大，第一次收到这样的礼物，她早已按捺不住心头的欢喜雀跃。拿起裙子在身上比对了好一会儿，她又跑过去关紧房门，紧接着躲在房间里开始试穿。

礼裙仿佛量身定做一般，优雅俏皮的浅粉色衬得镜子里的少女清新脱俗、娇艳可人。沈余对着镜子，开心地转圈。

归根结底，她不过是个十六岁的女孩。故作坚强的外表下，藏着一颗敏感脆弱的心。她其实也喜欢漂亮的衣服，有小小的虚荣心，爱听夸赞。旁人释放出的一点点善意，都足以让她把心奉上。更遑论，那个对她好的，还是她心慕之人。

家里的固定电话铃声响起时，父母早已不知去了哪儿。她穿着舍不得换下的礼裙蹦蹦跳跳跑过去，听到电话里传来的少年温和的声音，一颗少女心又开始怦怦乱跳。

“小余，我派了家里的司机去接你，现在已经到了。你准备好了吗？”

“啊，那我马上下楼！”

沈余生怕让人多等，迅速挂掉电话，穿上外套，拿上挑选了一个多星期的礼物，匆忙下楼。

她一口气跑到楼下，刚好碰到言峥。他穿着浅色的大衣，围着一条黑色的围巾，推着单车正要往外走。

她也不知道为何要心虚，不敢去看他，弯腰迅速坐进黑色小轿车后座。

只是待车子启动后，她到底没能忍住，抬起头看向后视镜。那一眼恰好对上少年清清冷冷的没有丝毫温度的目光，她蓦地心一慌，瞬间低下头去。隔了会儿才想起来，他其实压根看不见自己了啊！还有，她觉得自己有些不太对劲。为什么她此刻的表现，仿佛偷情被男朋友逮个正着的小媳妇似的哩？太诡异了……

裴禹家位于江城有名的别墅区。裴、罗两家在商界有一定地位，所以子女每年的生日会其实也是变相的交际场合。

此刻，沈余到的时候，别墅门口已经停了许多豪车。

她在专人的带领下来到举办生日会的大厅，没有见到裴禹，反倒看见精心打扮一番的赵心怡等女生。在场还有许多她不认识的同龄人以及长辈，大家都三三两两聚在一起低声谈天说笑，唯有她独自站在原地，不知所措。她深呼吸一口气，走到角落的位子坐了下来。

第二杯果汁即将见底之际，终于见到了以徐小胖为首的几个男生。

“哎嘿，沈大胆你也来啦？”徐小胖露出果然如此的表情，然后朝四周瞧了瞧，“咦？言老大呢？怎么都没见到他？”

沈余吓得差点把没来得及咽下的果汁喷出来：“言峥也来了？”

“我不知道啊，我这不是在问你吗？”

“……”沈余瞪他一眼，后怕地拍了拍胸口。那家伙拒绝了罗菲儿好几次，应该不会来的。

然而，沈余一颗心还没来得及放下，突然就听到耳旁“咔嚓”一声。毫无防备的她受到了二次伤害，反射性望过去，才发现原来在旁围观的陈枫不知何时拿起了手中的相机。

看见沈余望过来，陈枫连忙解释："你……今晚很漂亮。"

沈余故意摆出一副凶巴巴的样子："我平常不好看吗？"

陈枫脸色有些涨红，慌乱解释道："不、不是，我的意思是，你今晚特别好看。"

"算你有眼光！"沈余说完，自己先忍不住破功笑出来。

与其他人聊天的徐小胖耳听八方，听到两人的对话，不识趣地凑过来为自己的女神站台:"长得好看是好看,但是沈大胆你一开口,这分数就得打个折扣了啊！咱们班的女生，我还是觉得菲儿长得最好看。"

沈余顺着徐小胖的目光望去，只见罗菲儿一身优雅的镶钻白色公主裙，头上戴着昂贵的皇冠，手挽着身旁穿燕尾服的温和少年，笑容璀璨地站在熠熠灯光下，整个人闪闪发亮。而那个在人群里耀眼夺目的少年，与她的世界，隔着遥远的星空。

身旁几个男生低声谈论的话题渐渐转移到罗菲儿与裴禹的家世上，言语间不无羡慕之色。沈余望着那一对璧人，蓦然发觉，那里是她遥不可及的世界。就好比，她身上穿的精致礼裙与她翻遍衣柜勉强找出来搭配的半新廉价外套，怎么看怎么格格不入。

她无声低下头去，任凭四面八方汹涌而来的自卑将自己淹没。

突然，头顶上方传来一个熟悉的声音——

"你们好，可以跟你们借一下小余吗？"裴禹不知何时越过众人，走到几人身边。

“啊，裴学长好。”徐小胖等人惊呼了声，顿时紧张得纷纷点头和问好。

裴禹朝几人笑笑，绅士地牵起沈余的手，越过大厅，一路来到稍显清静的露台。

“小余，对不起，今晚来的长辈比较多，所以一直抽不出空招呼你，希望你别介意。”

“没关系……”沈余低垂着头，目光落在自己被牵握住的手上，脸颊红红的。

她觉得自己太不淡定了！不过就是被心上人牵了一下手而已嘛，多大点事儿啊！可她居然没出息得掌心都出汗了……在这个微风拂面的冬日夜晚。

生怕对方注意到这一细节，沈余连忙抬起头，“师兄，生日快乐！祝你心想事成，平安喜乐。”

裴禹直盯盯地看着她的眼睛，夜晚的繁星似乎都落在她眼里。他看到她的诚挚与欢喜，忽然移开目光，不忍看下去：“谢谢！其实，你愿意来就是我生日最大的礼物。”

沈余面上一喜。

少女的心思太好看穿，裴禹勾起唇角，不吝夸赞道：“小余，你今晚很漂亮！”

“谢、谢谢师兄你送的礼裙和鞋子……”

不远处传来一个少年的喊声：“嗨，裴寿星，原来你躲在这儿清静，走走走，大伙儿正找你呢！”

少年的脚步声迅速接近，来人看到沈余，有几分惊讶：“咦，这位是……”

裴禹言简意赅：“一中的学妹。”

“哦。”来人不再理会沈余，拽起裴禹就要往室内走，“没想到楚大少今晚也来了，太难得了……”

裴禹看了沈余一眼：“小余，抱歉……”

“没关系，师兄你先忙，我们等会儿见。”

“好。”话音未落，裴禹已经被身旁的少年拽远了。

大厅里，音乐正好，气氛正酣。原先的位子此刻已经聚满了同龄人，为首的那位，正好是罗菲儿。

见到沈余来，罗菲儿轻蔑地瞥了她一眼，继续与眼前的同学们说笑。

班上这些同学都是受罗菲儿邀请来的，唯独她是受了裴禹的邀请。而且大家都知道两人之间有矛盾，所以罗菲儿没理她，大家也就假装没看到她。

沈余倒是没在意。反正她也不喜欢罗菲儿，大家摆明态度相看两厌，总比明知互相厌恶表面上却还要假装友善来得好。

过了没一会儿，音乐声渐渐停歇，生日会正式开始。待一系列流程之后，所谓的开场舞终于拉开序幕。因为今天也是裴禹十八岁的成人礼，所以他的开场舞舞伴才显得异常引人注目。而往年，他的舞伴都是罗菲儿。不过今年，罗菲儿选了自家生意伙伴周家的二儿子周放当舞伴。

当追光灯落在沈余身上时，全场的目光投过来，沈余没出息地腿一软。裴禹揽住她的腰，附在她耳畔，低声示意她别紧张。

沈余在他的带动下，慢慢平下心情，一点点回忆念初中时学校教过的交谊舞的步法。然而就在她渐渐放松下来之际，目光无意间扫过人群最前端，看到言峥熟悉的身影，她吓得差点弹跳三尺。

妈呀，怎么没人告诉她言峥这家伙也会来参加？

怎么办怎么办怎么办？沈余当场慌神，不仅踏错舞步，还踩了裴禹两脚。

“对不起对不起……”她连声道歉，可是她越慌就越跳不好。

“小余，别紧张。当周围的人都不存在，现在你的眼睛里只需要装着我。”

“好……”

沈余努力摆正目光，不让自己去看言峥，也不去想他此刻脸上的表情如何。终于，一曲终了，她悄声呼出一口气。

“小余，你刚刚怎么了？”

“师兄，对不起，差点就毁了你的生日会……”

“没关系，其实你跳得已经很好了。”

裴禹见沈余犹在自责，安抚地伸手轻轻拍了拍她的头。周围一群与裴禹交好的伙伴围了过来，让裴禹介绍沈余给他们认识。裴禹只是简略介绍沈余为自己的学妹，然后在大家领会的笑声里转移了话题。只是女生们看沈余的目光里，掺杂着一些道不明的意味。

沈余却没注意，心里到底还是惦记着言峥，所以找了个借口走开。

可当她在泳池旁找到言峥时，却看到同样结束一舞的罗菲儿正在与言峥攀谈。两人不知在谈论什么，罗菲儿笑得心花怒放，就连素来冷酷的言峥唇角也有一丝浅笑。

沈余愣在半路，默默望着那一幕。原来自己对他而言，并不是特别存在啊！至少，不会一直如此。可这一天不期而至，她还是难掩心头的失落与难过。

就在言峥抬眸望过来的一刹那，沈余连忙慌不择路侧过身往另一个方向走去。

可惜，她太过专注于自己的世界，忽略了周边潜在的危险。

站在泳池周边的一群女生里，不知谁悄悄伸出了脚绊了沈余一下，又不知谁假装好心伸出手去拉沈余末了却转而推了她一把，于是悲催的沈余在众目睽睽之下以狼狈之姿摔进了冰凉的泳池之中。

更加悲催的是，不会游泳的沈余坠落的地方，正好是一米八以上的深水区。

沈余猝不及防被呛了一大口水，连一声“救命”都没来得及喊出口，只在水里扑腾了几下，整个身体便往水下沉去，整个过程连短暂的一分钟都不到。

微醺的夜色里，年轻的始作俑者还在旁看笑话，丝毫不知事情的严重性。而大厅里的人们也未曾注意到泳池那头的小插曲。

唯有言峥，在发现沈余落水后，脸色一白，顾不得身旁人，扔掉手中的杯子，一个箭步冲向泳池。等他跳进水里将脸色惨白陷入昏迷的沈余救上来时，女生们才发现事情搞大了，纷纷慌张地围上前来。

“沈余！沈余……”言峥努力维持住最后的理智，用曾经所学知识开始对沈余进行急救。尽管如此，焦急的语气仍然泄露了他此刻的惊慌失措。

罗菲儿等人也围了过来，那些青春的脸庞无不透着害怕与紧张。动手的那几位是裴禹的爱慕者，这会儿更是被吓得一声都不敢吭。

有佣人见事情大条，慌忙跑去大厅里汇报。

裴禹出现的时候，地上的沈余刚刚吐出几口脏水。他看了眼明显松了口气的少年，赶在沈余转醒之前，快步走过去，顺势挤开浑身湿漉漉的少年。

裴禹脱下外套将地上之人一裹，并将之抱起来，边往里走边焦急地交代身旁的佣人：“快去叫家庭医生！”

言峥下意识就要跟上去，突然被人拉住。

罗菲儿被他目光中的凛冽吓到，嗫嗫嚅嚅道：“你……你要不要去换一套干净的衣服……你这样容易感冒的……裴禹哥哥会照顾好她的，还有家庭医生在，你放心好了……”

言峥心知有专业的医生在，沈余基本没什么大碍，因此即便担忧，还是放弃跟上前去。只是担忧之余，他又忍不住生气！气她没有保护好自己，又气她瞒着自己，还气她在生日会上对自己视而不见……

彼时，裴禹抱着沈余去往房间的中途，沈余就转醒了。看到自己在裴禹的怀抱里，看到裴禹关心的眼神，泪水一下子就涌了出来。

裴禹有些手足无措：“别怕，已经没事了，接下来让医生替你好好检查一下。”

“裴禹师兄，谢谢你救了我……”沈余哽咽着道谢。她还记得当时水呛入口鼻时的窒息与绝望，也隐约有一丝得救的意识。唯独忽略了一件事，那就是对于一个下水的人来说，裴禹身上的衣服似乎干得太快了……

裴禹没有承认也没有否认，只是满怀愧疚道：“对不起，是我没有保护好你。”

沈余摇摇头，把脑袋瓜埋进他怀里，没有再说话。

医生很快出现，替沈余详细检查了一番，宣告无大碍。同时，裴禹让人备了一套干净的衣服让沈余自己换上。

这期间，裴禹的父亲裴正国也以主人的身份来表示关切慰问。在得知沈余没事后，又私底下把裴禹叫过去，单独询问了一些沈余的家庭情况。

裴禹只说沈余是自己一中的学妹，其他再不多讲。

裴正国慈祥地拍拍自家儿子的肩膀，意味深长道：“儿子，你目前最应该关心的是学业。”

裴禹点点头："我明白。"

裴正国欣慰地出去继续招呼客人。

裴禹望着父亲的背影，目光沉沉。他没有第一时间去看望沈余，而是转身去了书房，直到一根烟抽完，才再次出现在沈余面前。

沈余向来嗅觉灵敏。裴禹一进来，她就察觉到他身上有若有似无的烟草味。她皱了皱鼻子，偷偷打量他几眼，心想也许是自己的错觉吧。向来是师生眼中好好学生的裴禹师兄，怎么可能会吸烟呢？

裴禹好奇地看着她："怎么这么看我？"

沈余摇摇头，问："师兄，你不下楼吗？我已经没事了……"

裴禹笑笑："你比较重要。"

"……"沈余呆了呆，随即苍白的脸颊染上一抹红晕。

"肚子饿了吗？有没有什么想吃的？"裴禹见她矜持地低下头，紧张得手脚都不知如何自处的模样，就如同从小到大那些爱慕他的女生一样，表面上虽不动声色，心中却颇觉无趣。

"不用麻烦了……"

"你在这休息一会儿，我下楼给你拿些糕点上来。过会儿我再让司机送你回家。"

"好的。"

裴禹离开后，沈余抱着双臂开心地在床上打了个滚，随后突然意识到这不是自己家，于是又连忙把微乱的床铺弄整齐。

房间的隔音效果很好，她独自在这寂静的房间里呆了几分钟，不知怎的又想起了言峥那家伙。

方才她落水，不知道他看见没？他当时又会有怎样的反应呢？他会紧张和担心她吗？抑或当她是个陌生人，照旧与罗菲儿愉快地谈天说地？

好奇怪，为什么只要一想到先前他与罗菲儿聊天的画面，她就仿佛吃了四月枇杷树上的果实，心里酸酸的涩涩的？

这个谜底，一直到这个冬天结束也未能解开。

第六章

阴谋 OR 挑拨离间?

[1]

周日早上的天灰蒙蒙的，又阴又冷。

言峥一心惦记着沈余的身体状况，以至于昨夜翻来覆去整晚都没怎么睡着。清早六点起床出门，发现沈家人似乎还没起来，匆匆一瞥之后，怕父母疑惑的他立即转身下楼去晨跑。

其实，昨天他本来是打算等沈余一起回去的，结果等了许久才得知沈余已经坐着裴家的私家车离开。等他到家，天色已晚，沈家铁门紧闭，实在不便打扰，索性放弃。

冬日昼短夜长，言峥去小区的公园里晨跑了好一会儿后，东方的天才全部大亮起来。

小跑回到家门口时，对门沈家已经有说话的声音传来。他正准备过去敲门，突然就听到一阵碗碟摔碎在地的刺耳声，然后是男人与女人的吵架声传了出来。

他本来迈开的脚，默默收了回来。不过还未及时回避，铁门哗啦一下被打开了。

“阿姨早上好。”他礼貌地假装没看到对方的狼狈。

“早上好。”徐丽捂着一边脸颊走出来，见到言峥神色不自然地笑了下，随即快步跑下楼去。

未紧闭的大门里传来男人骂骂咧咧的声音，空气中似乎还飘来一丝酒味，言峥皱了皱眉，转身回了自己家。

客厅里，自己的父母正坐在沙发上轻声说着话。见到他回来，夏明月连忙站起来，招呼父子二人开始吃早餐。

言峥看着自己相敬如宾的父母，再思及对门的沈家，不由替沈余感到难过。这世上，大人的自私与不负责任，为什么总要自己的孩子来承担呢？那些大人在生小孩的时候，也没有问过小孩愿不愿意啊！

言氏夫妇皆不是爱谈论旁人是非之人。只是隔壁的骂声一直没有停歇，脾气温柔的夏明月也忍不住皱眉："要不然……今天让小余过来咱们家玩吧？"

言桐书摇摇头："还是算了，沈平今天休息在家。而且看情况，他应该又喝酒了。"

沈平一向大男子主义，且好面子，再加上近年来又染上酗酒这毛病，如果他们这么做，估计会让沈余遭受更多的责骂。

夏明月也听出丈夫话中之意，所以只好放弃这个提议。

这天，言峥时刻关注着隔壁沈家的动静。可惜，沈家的大门竟再没有打开过，他也因此没有机会跟沈余碰面。

因心里藏着事情，晚饭过后没多久，言峥把书本一合，起身去了楼下的小公园。到了九点多，小公园里的人已经都走光了。他一身汗味慢吞吞地返家，却在途中意外撞见了尴尬的一幕。

只见暖黄的路灯光下，一对中年男女正亲密地抱在一起，旁若无人地接吻。他正要非礼勿视地移开视线，却意外发现灯光下露出真容的那位女士，赫然正是沈余的妈妈——徐丽！

当心中的怀疑被亲眼证实，言峥只觉得一阵恶寒。他紧紧抿着唇，看着那一对男女，垂在两侧的手慢慢捏握成拳。最后，他一步步走了过去。

然而，就在他准备开口打断那两位胶着的男女时，中年男人那张略显熟识的脸突然暴露在灯光下！那一瞬间，仿佛有人硬生生扼住了他的喉咙，准备喊出口的话当场消弭。

路灯光映衬出少年惨白惨白的脸，窥破秘密的少年破天荒地低下头去，在冷寂的冬夜里无声疾跑而去。

冷风里，隐隐传来身后那对男女，低低的，不堪入耳的呻吟声……他攥紧拳头，一路狂奔，任凭冷汗浸透里衣，却一步都不敢停歇。

呼啸的风声里，他怀揣着飞速跳动的心脏，脑海中第一时间想到的却是，一定不能让沈余发现这个丑陋的秘密。

周一早上，言峥在楼下等沈余一起走，没想到却扑了个空。他到班级门口的时候，看见沈余周围正围着几个男生。一群人不知聊了什么话题，各个脸上都溢满笑容。

见到言峥出现，男生们纷纷主动与他打招呼，唯独沈余，看见他出现，竟然直接把脸转向了另一边。言峥当下心情就不好了，那句到嘴边的“早上好”直接给咽了回去。

众人看他一言不发地冷着脸，察觉气氛不对，顿时作鸟兽散。

唯独徐小胖有些纳闷，明明刚才聊天时沈余对救命恩人表现得很感激，怎么见到真人立即换了一副脸孔呢？唉，女人心，海底针！

其实徐小胖不知道的是，沈余一直到此时此刻，都坚定地认为救自己的人是裴禹。

再加上，刚才短暂的闲聊里，徐小胖几次三番提到言峥那晚与罗菲儿聊得很愉快，直接导致沈余看言峥怎么看怎么不爽。

大概，对于敏感又骄傲的少女时代来说，当你发觉自己对于某个人而言并不是特殊的存在后，作出的第一个反击就是，收回自己那颗慢慢倾靠的心。

可怜言峥还在想着，如果某个倔强的家伙认输，那么他就大方地原谅她。结果前面两节课都结束了，对方还是一句话都不主动跟自己说。

升国旗的时候，他望着头顶飘扬的红旗，有些泄气地想，算了算了，这家伙倔强起来十头牛都拉不回来，而且又不爱讲理，他又不是第一天认识她……

然而，他刚决定回到班级就主动打破僵局，结果却发现沈余正与裴禹并肩站在班级门口的走廊上闲聊。两人不知道在聊些什么，其间裴禹伸手摸了摸沈余的头，沈余笑得一脸甜美可人。

他原本稍微好转的心情，在看见这一幕的时候，瞬间又变糟了。

裴禹见到言峥走近，友好地主动打招呼：“嗨，言学弟。”

言峥别有深意地盯着裴禹打量了许久，似乎想将眼前这个总是表现得平易谦和的少年脸上的面具卸下来。

裴禹没有移开目光，微笑着与他对峙。

最后是一旁的沈余气不过，大声道："没礼貌的家伙！师兄我们别理他。"

言峥无声地看了沈余一眼，有些欲言又止。只是最终还是什么都没有说，抬脚回了教室。

言峥刚坐下，身后的徐小胖就凑过来搞事情了。

"唉，我刚刚听到班上有女生说沈余跟裴学长是一对。是不是真的啊？"徐小胖的语气透着激动与兴奋。

"你想太多了。"言峥正憋了一股闷气，听到这话，毫不留情地伸手拿起桌上的书拍在徐小胖脑门上。

"……"徐小胖表示不服，"怎么不可能？你看沈余跟裴学长在外头聊得多愉快！而且那天在别墅，我看裴学长抱着沈余，很紧张的样子。这两人一看就是相互喜欢……"

"跟男同学相处愉快就是谈恋爱？那你们早上聊得那么开心，也是在恋爱？你不知道一中早恋会被请退吗？沈余有那么愚蠢？"

徐小胖被惊得目瞪口呆。高冷的学神大人，今天情绪有点不对劲啊！而且还一口气说了这么多字，他十根手指都数不过来了。

徐小胖缩了缩脖子，还没吭声呢，学神大人又发话了！

"徐潘，脑子这种东西是用来思考的。"言峥说完这句话，便不再理会对方。

徐小胖冥思苦想许久，方想明白，自己似乎是被鄙视了？

第三节的上课铃声适时响起，沈余才慢吞吞从外头走进来。

言峥看到她回来，瞥见她脸上灿烂的笑容，忍了忍，终是选择移开目光。沈余正好也看他不太顺眼，所以让她主动攀谈更是不可能的事情。

当天中午，言峥因不想看见沈余没心没肺的样子，所以选择直接回家去吃午饭。然而沈余对此一点反应都没有，言峥失落之余，又带着点赌气的意味，接连几天都没有再留在学校食堂用餐。

沈余依旧没有给出任何的反应，言峥至此灰心地选择每天准点回家吃午饭。

于是，从这之后，原本关系缓和的两人，莫名其妙又断了邦交。

两人不仅在学校没有交流，就连放学后也没有。

由于两人表现得太明显，以至于班上的同学都看了出来。罗菲儿为此还特意跑来找徐小胖套话，拐弯抹角问徐小胖，沈余与言峥是不是闹矛盾了。徐小胖总结了下自己的所见所闻，最终以肯定的回答赢得了自家女神的一个甜美笑脸以及一个苹果的犒赏。

不过罗菲儿每每和言峥主动说话，言峥都不怎么理会她。除了最初那几天，言峥偶尔会搭理她一句。

在与言峥断绝邦交的时间里，沈余却与裴禹越走越近。学校里，渐渐的，关于两人谈恋爱的流言蜚语开始慢慢传开，可大部分居然都是在说女方不要脸的。

令人意外的是，罗菲儿竟然没有因此特意针对沈余。只是每次看见她，眼里都流露出不屑。

沈余猜测了下原因，觉得或许是因为校元旦晚会举办在即，罗菲儿以及她的小团体忙着练习入选元旦晚会的表演节目，以便一鸣惊人，所以没工夫搭理自己。

然而外人不知道的是，沈余与裴禹在一起，绝大多数时候其实都在讨论关于美术方面的话题。俗话说良言一句三冬暖，恶语伤人六月寒。她管不住别人的嘴，所以只好努力让自己别在意那些中伤人的恶语。只是，每个夜深人静的晚上，她靠躺在床上，总会时不时想起这段时间以来，言峥每次碰见她与裴禹在一起时，那副欲言又止的样子。

在越变越冷的天气里，十二月接近了尾声。

沈余缩着脖子，双手藏在上衣口袋里，站在小区门口的公交站牌下等车。大概是今天下大雨的缘故，再加上时间又早，所以站牌下候车的人寥寥无几。她百无聊赖地四处张望，一转头就看见远处撑着黑色雨伞朝自己所在的方向走来的言峥。

同样是一中的校服，有的人轻而易举便把它穿成了时装，有的人则……她低头瞅了瞅裹成球的自己，叹气。果然这世上，没有对比就没有伤害啊！

言峥走近时恰好听到她那句吐槽，嘴角扬起一丝笑意。他收了雨伞，在她身旁站定，然后微微侧头上下打量了她一遍。

沈余在他打量的目光中，防备地往旁边退了一步，脱口道：“你干吗？”

言峥忽然皱了下眉：“你胖了？”

“……”沈余一口气憋在喉头，白皙的脸慢慢涨红。

她觉得自己肯定是有病才会主动跟对方说话！这世上，但凡是女性，就没有人喜欢被当面说胖的！就算她变胖是个事实……哼，像他这种家伙，在电视剧里最多活不过一集！

沈余还没腹诽完，言峥慢悠悠地补充了一句：“比以前好看多了。”

沈余立即白他一眼：“喂，我知道你学习很厉害，但是请你以后别随随便便跟女生说话，OK？我怕你会被打得很惨。”

言峥的脸上终于露出近段时间以来难得的笑容：“关心我？”

沈余报之以鬼脸：“才有鬼呢！”

迟来的公交车在两人面前停下，沈余毫不迟疑地抢先跑上去。车子最后一排难得还有两个座位，沈余使了个小心机，特意选择了靠过道的位子。她心想，这样的话，如果她不给某人让地盘，对方就没办法坐进去啦！

令她万万没想到的是，言峥一眼就看穿她的小伎俩。他走到她身旁后，非常有礼貌地微笑询问：“同学，请问里面这个位子有人坐吗？”

整个车厢的乘客，除言峥外，其余都是坐着的。沈余就是想撒谎，条件也不够啊！她忍住想揍人的冲动，边移开挡在中间的腿，边答：“……没有。”

“谢谢！”

“……”沈余无可避免地又和言峥坐在了一起。

因天气路况不好，车子刚发动没多久就来了个大颠簸，沈余一个不察后脑勺就磕了个包。她自认倒霉地捂着后脑勺哀号没多久，车子行进到某个拐弯路口时，突然又来了个紧急大刹车。

由于沈余坐的时候，为了避免和某人有肢体接触，整个身体都是往外倾的，所以紧急刹车时，巨大的惯性，让毫无防备的她整个身体往车厢前部冲去。

幸好一旁的言峥眼疾手快，在她往前冲的瞬间，一把将她拽进自己怀里，避免了一场流血大事件的发生。

沈余被这个意外吓出了一身冷汗。她窝在言峥的怀抱里，一动未动，直到车上的广播播放了好几遍“车辆启动，请您注意抓好扶手”的提示，她才缓过劲来。

“谢、谢谢……”她不太自然地从他的怀抱里挣脱，双手紧紧抓住扶手。

“我们换个座位。”言峥说着，已经弯腰微微站起身。

“啊？不用了……”她几乎一瞬间就明白了他的想法，习惯性就拒绝了他。

言峥被拒绝后，一动不动，就那么盯着她看。她被看得更加不自在了，只好作出了妥协。只是坐在靠里的位子后，原本低垂的脑袋瓜又埋下去了几分，用跟蚊子般的声音讷讷地说了句：“谢谢……”

言峥没说话，两人就这么一路沉默着到了学校。

雨水嘀嗒嘀嗒打在伞面，随即又跳跃着四散开去。沈余撑着小花伞走在校园里，想跟一直漫步走在自己身后的言峥说点什么，却又苦于近段时间的尴尬而不知如何开口。

就在她苦恼之际，身后的言峥忽然心有灵犀似的三步并作两步追上前来。

“沈余。”他喊了她一声，然后顿住，似乎是在思索着怎么组织语言。

“嗯？”沈余侧仰着脑袋瓜去看他。她以为他是来找自己和解的，谁知却对上他莫名凝重的脸。

“不要跟裴禹走得太近。”他终于还是决定省却铺垫，直接一点。

“……要你管！”她眼底的小小的光芒变得暗淡，负气朝前，不再去看他。

他连忙伸手拽住她：“裴禹接近你另有目的，你别被他的外表欺骗了，他不是个好人！”

她听到他对于裴禹的评价，瞬间甩开他，冷笑道：“说得好像全世界都是坏人，就你一个是好人似的。不要以为你刚才帮了我，你就有权对我的人生指手画脚。我交什么样的朋友，和谁玩，不需要你来评头论足！请你不要用你阴暗的内心来评判裴师兄，他比你好千倍万倍！最后，我们不熟，谢谢！”

言峥被她维护裴禹的态度激怒，气急：“沈余你是不是没带脑子？为什么你宁愿相信一个戴着假面靠近你的人，却不愿意相信我一分一毫？你真的就那么讨厌我吗？”

头顶哗啦啦越坠越急的雨水，仿佛透过薄薄的伞面跌进了她的心里，打湿她好不容易决定敞开的心。她听见自己用近乎冷酷的声音说：“对，我这辈子最讨厌的人就是你！”

她飞奔的脚步声淹没在冬日的风雨声以及周遭的喧嚣里，连同那自己都不曾发现的少女心事。

如果你只是个陌生人，也许，我就不会这么难过？

真希望你可以永远和我站在统一战线，可这个愿望大概有生之年都不会实现了吧？

我们终究，不是一路人。

[2]

江城一中的新年晚会举办时间为十二月最后一天的晚上七点，地点在校大礼堂。

经过层层筛选后，沈余他们班一共有两个节目入选，一个是罗菲儿的孔雀独舞，另一个是罗菲儿与赵心怡、林芳、徐小胖等人的话剧表演。然而节目单上那一大串的表演里，沈余最期待的节目，却只有裴禹的吉他弹奏。

为了展现班级的团结以及集体荣誉感，新年晚会前一天的班会课上，（1）班的同学们对于究竟由谁上台去给自己班的小伙伴献花这个话题，进行了热烈的讨论。

因为有两个节目，所以就决定男生女生各选一名。

徐小胖率先提议女生由沈余来，因为班上除了罗菲儿，他觉得沈余长得最好看。可惜这个提议被沈余本人当场拒绝了。

徐小胖控诉：“沈大胆，就凭咱俩这么铁的关系，让你献一下花，你都不肯？你丫也忒没同学爱了吧？”

沈余“呵呵”了两声：“一棵道具树的人生注定是孤独的，请提早适应角色。”

徐小胖：“……”

一旁的罗菲儿丝毫不想看见沈余上台献花，当即笑眯眯接过话茬：“既然沈余同学不愿意，我们也别强人所难呀，不如先定男生的人选吧。”

罗菲儿的目光落在言峥身上，赵心怡立即意会，提议说：“我建议男生由言峥同学来。”

徐小胖等人也想附和，谁知言峥轻飘飘一句就让大家消了念头：“我明晚有化学辅导课，没空。”

过几天就是全国高中生化学竞赛的决赛，毕竟是重点中学，一切还是以成绩为主。学校为此特意设立了专门的小组，带队的教练这几天正在给成员紧急加训。

于是在经过一系列讨论后，男生这边由班长蔚帅挑起了大梁。而女生人选却迟迟定不下来。被点名的女生要么是胆小，要么就是口是心非，蔚帅只好把目光定格在全班最安静的女生虞姗身上。

“女生就由虞姗同学来吧。”

虞姗突然被点名，顿时无措地推了推鼻翼上的黑框眼镜，胆怯道：“我……”

蔚帅朝她灿烂一笑：“别担心，你只需要在表演结束之际走到舞台上献花即可。这样吧，明天你跟我坐一块，具体的事宜到时候我跟你详说。”

虞姗在男生阳光灿烂的笑容里，下意识地点头应下了这个差事。尽管很多年后，这个新年晚会成了她少女时代被众人嘲笑的又一个笑柄，她也不曾后悔过。

举办新年晚会这天晚上，沈余跟随班级的大部队来到学校礼堂。她刚刚在自己班级的所属区域坐下，一个宣传部的高二学长突然走到她身边说裴禹有事找她。

她纳闷地跟在对方身后，一路来到了后台的某一稍显清净的角落，发现裴禹似乎等了她有一会儿。

见到她来，裴禹并没有直接说是什么事，反而皱着眉打量了下她身上的衣裳：“怎么穿得这么薄？冷不冷？”

沈余把冰冷的手藏进校服的口袋里：“还好，礼堂里没那么冷。”

南方的冬天太过潮湿，再加上最近经常下雨，冬天的衣服又厚重，所以她平常穿的几件衣服晾了好几天都没干。往年冬天一到，徐丽女士会在逛商场的时候顺便给她也买一两件冬衣，今年却不知怎的，完完全全只顾打扮她自己了。不过抛开这些，徐丽女士也多了个优点，比如在给零花钱上，明显比以前大方许多。

裴禹直接把她的一只手抓过来，将自己手中的热饮塞进她手里："这是他们刚才给我买的，我还没喝过。你先拿在手里暖暖手，然后再喝。"

"谢谢师兄。"沈余的笑容有些羞涩，又透着感动，隐隐还有些愧疚。为自己因言峥的话而动摇过的那些瞬间，感到愧疚。

眼前这个温暖的少年，怎么可能会是言峥口中那个心怀不轨之人呢？

"想什么这么出神？"裴禹出声打断她的神游，"啧，原来魅力四射的我于小余你而言，毫无吸引力可言啊——"

沈余在他故意拖长的尾音声中，扑哧笑出声来："师兄你找我什么事？"

裴禹像变戏法似的，不知从哪里掏出一个包装精致的粉色礼盒："新年快乐，送给你的新年礼物。"

"唉？"沈余愣了下，然后连连摆手，"不用了，我没准备交换的新年礼物……"

裴禹失笑："谁说礼物一定要相互交换的？如果是礼物，就不需要图回报。如果是交换，那不是礼物，是物品。"

"可是……"沈余仍然没有伸手去接。

单从礼盒看，就知道裴禹送的这份礼物不便宜。虽然他说礼物不图回报，但这世上连亲密的血缘关系之间都需要回报，更遑论没有血缘关系的彼此？她有自知之明，知道自己肯定送不起价格相当的礼物给他，最明智的决定就是不接受他的馈赠。

她的反应全写在脸上，裴禹只好自己主动将礼盒塞进她手里："如果你实在觉得过意不去，不如晚上轮到我表演的时候，上台给我献束花，如何？"

"呃，我现在去学校旁边的花店买花！但是这个礼物太贵重了，我不能收……"沈余将手中有分量的礼盒塞回裴禹怀里，转身就要往外跑，却忽然被裴禹的举动惊住。因为裴禹居然把礼盒丢进了一旁的垃圾桶里！

沈余第一反应就是把东西捡回来，幸好包装完好。她不解道："师兄，你这是干什么？"

裴禹脸上的笑已经敛去，语气淡而疏离："送不出去的礼物，不如扔掉。你还捡它做什么？"

"……你已经把礼物送给我了，我有权处理它的后事。"沈余把东西收起来，宝贝似的藏进怀里，"晚会马上开始了，你好好准备，我先走啦！"

沈余如风般跑开，却没有直接回到座位，而是跑去校外的花店买花。

与花店老板讨价还价半天，最后沈余以七折的优惠从花店买了一大束康乃馨。其实她有点想买玫瑰花，但是不太好意思。

抱着一大束花回到礼堂，晚会正好拉开序幕。

身旁坐着的女生，平日与沈余没怎么接触。瞄了她手里的花束好几眼，然后扭过头与另一侧的女生窃窃私语。

沈余没怎么在意，开始专心看晚会。

罗菲儿表演的孔雀独舞在整个晚会节目单上，排得比较靠前。她本身人长得就漂亮，再加上曼妙轻灵的舞姿以及舞台的灯光效果，一出场就吸引了众人的目光。

罗菲儿在学校人缘好，外加裴禹的关系，她的舞蹈表演还未结束，舞台两侧已经有好几个人抱着花束等待上台献花。

虞姗在蔚帅的提醒下，抱着花一路小跑来到舞台旁侧。

其中一个高年级的女生看了虞姗一眼，问："哎，你是菲儿他们班的吧？"

周遭的目光投过来，虞姗下意识低下头去，低低地应了一声。虞姗的声音太小，这位高年级的女生没听到，误会虞姗态度高冷，因此不满地撇了撇嘴。

就在这时，舞台上轻灵的孔雀在雷鸣般的掌声里，缓缓停下了旋转的舞步。周围两侧等候的献花群众当即朝舞台冲去。那位曾主动与虞姗搭讪的女生大概心里憋着一股气，在中途忍不住偷偷伸出了脚。

虞姗一个不察，当场被绊倒在地，手中的花束也顺势被甩了出去。

因为没有防备，所以那一下摔得特别疼，当场没能站起来。

原本心情愉快的罗菲儿见到这一幕，整个人都不好了！

她一向追求完美，虞姗这一摔直接破坏了她的完美闭幕。可是众目睽睽之下，她又不好发脾气，甚至还得表现出很有同学爱的样子上前把人给扶起来，心里别提多气恼了。

刚离开舞台和人群，罗菲儿立即就冷下脸，嫌弃地收回自己的手。

“送个花都能摔倒，真没用！”

“对不起……”虞姗低垂着头，单手紧紧扶着自己摔疼的胳膊。

“真晦气！”罗菲儿没有接受道歉，冷着脸去跟赵心怡等人会合，离开之际甚至还用肩膀撞了虞姗一下。

虞姗被撞得往后退了好几步，鼻翼上的眼镜也掉在了地上。

胳膊似乎是折了，锥心地疼。她咬着牙，把那句惊呼声硬生生憋了回去，蹲下身正要去捡自己的眼镜，突然眼前出现一只手帮忙把地上的眼镜捡起来并轻轻放在她鼻梁上。

虞姗睁大眼睛一看，眼前放大的居然是蔚帅关心的脸。她一紧张，差点一屁股坐在地板上。

“你胳膊是不是受伤了？小心一点站起来，我带你去医务室。”

“谢谢……”那一瞬，眼眶里有泪水在打转，她连忙低头掩饰。

“我刚才看到是有人故意把你绊倒的，所以等你好了，我带你去把场子找回来！敢欺负我们班的人，不想活了！”

“不用了……是我自己不小心……”

“这些你先别管了，现在最重要的是先去把胳膊治好，不然我罪过可就大了。你还记得提议你上台献花的人是谁吧？”

“……”对话声一点点远去，舞台上的表演却没有因为这个插曲而停止。

沈余坐在台下，心底一直在默数着裴禹的出场。

等到罗菲儿等人的第二个节目表演完，好一会儿，裴禹才终于登场。

他抱着一把吉他，穿着白色的毛衣，独自站在舞台中央。聚灯光打在他身上，他只是展颜微微一笑，台下的掌声与尖叫声就一浪高过了一浪。他伸手做了一个安静的动作，声浪瞬间就平息了。

简单的旋律响起，然后是温柔的男声缓缓吟唱：“难以忘记初次见你，一双迷人的眼睛。在我脑海里，你的身影，挥散不去……”

学生时代，男生们似乎只要会弹奏乐器，会唱歌，就能轻而易举引得无数女生竞相追随欢呼。如果是裴禹这种家世好，成绩优，还长得好看的，那就更不得了了。

这首《情非得已》唱下来，台下女生全程都是在捧脸惊呼：“哇，好帅！”

中文歌曲结束后，裴禹还唱了一首深情的英文歌。他的声线温柔又带着慵懒，再加上脸上一抹让人无法抵挡的微笑，整个晚会掀起了声浪高潮。

沈余坐在台下，也是全程迷妹脸。不过她谨记着自己的任务，在歌曲唱到尾声时，抱着花第一个冲上舞台。

罗菲儿晚了一步，当场朝沈余飞了好几个眼刀子。可当她无意间瞥见沈余手腕上露出的那条独特的四叶草手链时，气恼的神情有那么一瞬间的错愕，然后就是难堪。她粗鲁地将手中的花束塞进裴禹怀里，转身就走。

裴禹一头雾水，可是大庭广众之下又不方便拉住她问清楚，只好等离场后再去了解情况。

而另一边的沈余春风满面地从台上跑下来后，正准备回到自己的座位上继续把剩下的节目看完。孰料，坐在外头的两个女生见到她回来，丝毫没有半点挪动身躯的意思。

沈余歪着脑袋瓜看着她们："不好意思，我要进去，麻烦让一让。"

这两人假装没有听见她的话，反而对着舞台上新一轮表演评头论足。沈余心情好，决定不跟她们计较。剩下的表演也没有她期待的，所以她干脆直接掉头走人。

裴禹离场后，在大礼堂外找到了罗菲儿。

正在气头上的罗菲儿一见到他，立即掉头就走。

裴禹有些疑惑不解："怎么了，谁又惹我们家小公主生气了？"

罗菲儿一听更来气，直接把口袋里的四叶草项链塞给他："哼，这个还给你，我才不稀罕你的破新年礼物。"

"原来是生我的气啊！"裴禹笑了笑，然后又一脸苦恼，"可是我怎么想不起来今晚哪里惹你生气了……"

罗菲儿顿时鼓起腮帮，气鼓鼓瞪着他："裴禹哥哥，你说你是不是真的喜欢沈余？"

裴禹皱了下眉，脱口就道：“我怎么可能会喜欢她？”

罗菲儿窃喜了下，随即又追问：“那你不喜欢她，为什么还送她礼物，还对她这么好？”

“原来你生气是因为这个？”裴禹恍然大悟，“你还记得生日宴会的时候，沈余是怎么落水的吗？”

罗菲儿沉默了会儿，“所以你是因为这件事，才送礼物给她的？”

“嗯哼。”

“你真的一点都不喜欢她？”

“当然不喜欢！对我而言，她只是一个外人，可是你不一样。所以，不要再因为不相干的人生气了。”裴禹拿起四叶草项链重新替她戴上。

罗菲儿轻轻哼了一声，却没有阻止他的动作。裴禹替她戴好项链，亲昵地伸手刮了下她的鼻子，无奈地叹气：“小醋坛子……”

罗菲儿恢复好心情，主动伸手挽住身旁之人的手臂，“这外面好冷呀，我们快点进去吧。”

裴禹还没来得及应答，一道黑色的人影不知从什么地方冲出来，一拳揍在他的脸颊上。事情发生得太过猝不及防，他当场一个踉跄，往后连退好几步。

一旁的罗菲儿吓得惊声尖叫：“你干什么？”

等她借着灯光看清打人者的脸，一脸惊愕：“言峥？怎么是你？你疯啦，为什么无缘无故打裴禹哥哥？”

言峥冷笑：“别以为我不知道你在打什么主意！若要人不知，

除非己莫为。警告你离沈余远点，如果你敢伤害沈余一根毫毛，我一定不会放过你！”

裴禹用手背轻轻擦了下嘴角，轻笑了声：“你是沈余什么人？我和她怎么样，与你有关系吗？”

言峥语气透着坚定：“只要是沈余的事，那就关我的事。”

罗菲儿听到言峥的宣言，气恼道：“沈余、沈余，你以为沈余是天仙啊？言峥，你有空还是劝一下她，让她别不要脸地整天缠着裴禹哥哥！她自己不学习就算了，别耽误别人的学业！裴禹哥哥，我们走，别跟这种人一般见识！”

罗菲儿每每见到言峥维护沈余就气不打一处来，她当下拉起裴禹就走。

裴禹任由罗菲儿拉着自己往礼堂门口走去。不过，在经过言峥身旁时，他忽然松开罗菲儿的手，倾身靠近言峥耳畔，用只有彼此才能听到的音量低低地说了一句：“你的沈余跟她妈一样下贱，我连手指头都没勾，她就……”

言峥被激起怒气，不等他说完，一拳又挥了过去。裴禹这次有了防备，却奇怪地没有躲避，只是脸上的笑有些意味不明。言峥迟疑了下，拳头刚要落在对方脸颊上时，蓦地听到耳边传来一声气急败坏的怒喝声——

“言峥，你有病啊，干吗无缘无故动手打人？”沈余以迅雷不及掩耳之势冲上前，然后一把将裴禹拉到自己身后：“师兄你怎么样，没受伤吧？”

言峥听她一开口就是维护裴禹，又瞥见她的举动，气得差点一口气背过去。他紧紧捏着自己的拳头，也不说话，就那么冷冷地看着沈余。

沈余却无暇关注他，眼睛的焦点完完全全落在裴禹一个人身上。

“我没事。”裴禹朝她轻笑，却不慎牵扯到嘴角的伤，当下“啊”地低呼了声。

沈余仔细一辨认，这才发现裴禹居然受伤了！她担心得不知该如何是好，火大地看向沉默不语的言峥：“看什么看，打人就是不对！你还不快向裴师兄道歉？”

人似乎就是这样，因为内心深处知道对方对自己的特殊优待，于是肆无忌惮地挥霍对方的容忍。殊不知，真心也有耗尽的时候。

言峥此刻的心情就跟这夜晚一样寒冷：“沈余你是不是没长脑子？我们认识的时间久还是你跟他认识的时间久？你怎么不问问发生什么事？”

面对言峥与裴禹，罗菲儿的天平终究还是倾向裴禹这边。她气呼呼地在旁边插嘴：“事实不就是我跟裴禹哥哥好端端在说话，你无缘无故冲上来打人？！”

言峥没搭理罗菲儿，就那么目光冰冷地看着沈余。

沈余觉得莫名其妙。因为言峥此刻的神情就仿佛她犯了滔天大罪一样。

两人对视了几秒，言峥最终选择负气走人。

沈余对着他的背影喊了句：“喂，你还没道歉呢？”

言峥头也不回，下一秒却听见某人低声下气替自己道歉的声音：“师兄对不起，那家伙脑袋有时候不正常，我替他向你道歉，能不能请你原谅他……”

言峥听到身后飘来的话语声，忍不住低声咒骂了一句“蠢货”，加快脚步离开这个令他气闷之地。

当冬夜渐冷，江城飘起了雪。

十六岁这一年的寒冬，就这样在漫天飘舞的雪花里，悄然结束。

[3]

沈余是在元旦假期结束返校的那天上午方才得知，言峥已在前一天就随校队去了外地，参加全国高中生化学竞赛（决赛）暨冬令营。

假期归来，大家有些亢奋。课间时分，几个男生就聚在徐小胖的座位旁，热烈讨论着言峥等一行人去外地参加比赛之事。

其中有男生对于言峥能否获奖表示了担心：“虽然咱们班的言峥很厉害，但是毕竟学习高中化学知识的时间没有高年级的那些人长，所以……”

“有道理。毕竟山外有山，人外有人。言峥再厉害，也只是高一的学生……”

“被你们这么一说，我也觉得有点悬啊！听说参加决赛的人是全省一等奖的前几名，各个省份高手云集，言峥得个三等奖应该有可能，但是二等奖跟一等奖就……”

对于优秀的同龄人，许多人在崇拜的同时，又会不由自主地滋生出嫉妒。

沈余坐在自己的座位上，听到后面传来的一连串“长他人志气灭自我威风”的对话，实在忍不下去了。她一拍桌子站起来，转身看着后头的几个男生，面色不虞道：“你们能不能对自己班的人有点信心？在我看来，以言峥的实力得个一等奖完全没问题！”

虽然对于之前言峥揍人一事，沈余还余怒未消。但是，她内心里还是坚定认为一等奖对于言峥来说，轻而易举。

这大概就是从小到大在学业与智商上被碾压的后遗症吧。

其中一位平日与罗菲儿走得比较近的男生不爽地反驳：“嘴长在我脸上，你管得着吗？”

沈余看着他，皮笑肉不笑：“哦，管不着，就是觉得有点多余。”

男生猛然从椅子上站起来：“你——”

战火一触即发，徐小胖赶紧充当起和事佬：“和气生财，和气生财，都是一个班级的，有话好好说，别因此伤了同学的情谊。毕竟，大家的初衷都是一样的嘛！”

预备铃在此时响起，当事双方态度还没松动，一旁的陈枫已经拉响警报，“啊，不好，班主任来了……”

话音未落，一时间，大家已作鸟兽散。

沈余状似不经意地问徐小胖：“喂，知不知道参赛的队伍什么时候会回来？”

“好像是十一号。”

“哦。”

“说实话，其实我也觉得言老大得个一等奖完全没问题，说不定还能入选国家集训队，最后代表祖国出征啥的。”

“切，马后炮！”沈余没再搭理他，转回头去。

言峥不在的日子里，沈余独占一张课桌，一开始乐得自在，渐渐却觉得别扭。

习惯这种东西真是可怕，好像在不知不觉间，她已经潜移默化地适应了他坐在自己身旁。

几天后，全国高中生化学竞赛（决赛）暨冬令营闭幕式一结束，江城一中那三位参加冬令营的学生全部获奖的消息，立即传回了学校。校方第一时间张贴了布告以及在学校广播里插播了这条喜讯。

沈余不知道其他班级的人反应如何，反正他们班的人全部沸腾了，朝一楼的布告栏纷涌而去。

沈余跟到教室门口，忽然觉得自己表现得有些太急切，正准备放慢脚步，心急的徐小胖已经一把扯住她外衣的帽子。

“想啥呢？这可是咱们班的大喜事啊！无论言老大得的是几等奖，咱们首先得在气势上震住别人，懂不？”

“……”沈余默默拽回自己的衣帽，然后加快了步伐。

布告栏前此刻已经围了许多人，沈余看见大红喜报上言峥的名字以及后头那个醒目的“一等奖”，第一个反应是：果然！

其他两位一同参赛的高年级学生，一个得了一等奖，一个得了二等奖。

身旁站着的男生正好是早前与她发生过争论的那位，沈余挑衅地扫了他一眼，在对方尴尬的神情里，满足地开始钻出一层又一层的围观人群。

刚准备离开，忽然听到赵心怡熟悉的声音在说：“哇，菲儿菲儿，你快看，言峥得了一等奖，你家言峥好厉害！”

随后是罗菲儿与有荣焉的声音：“那是，我喜欢的人怎么可能会差？！”

沈余闻言一脸无语，双手插兜，转身回了班级。

第二天，参赛的队伍归来，班级里正在上自习课。

大家看到言峥出现在门口，立即自发鼓掌。沈余正昏昏欲睡，听到突然爆发的掌声差点一下子弹跳而起。

一抬头，正对上言峥无语的目光。

她摸摸鼻子，拿起笔，假装很认真的样子。昨天就开始酝酿的道贺，一时也忘了说出口。

言峥一出现，秩序良好的自习课当即乱了。除了徐小胖等人一直缠着言峥追问比赛事宜外，更有不怕死的人跨越千山万水偷跑过来。

沈余惊讶的是，言峥居然难得好脾气地对大部分问题都进行了解答，简直跟换了一个人似的。

于是接下来在学校的时间里，沈余总忍不住用余光去偷瞄他。

就在沈余第N次偷偷打量某人时，言峥将她逮了个正着。

言峥皱了皱眉，一副很困扰的样子，“沈余，如果你是想跟我道喜，直说无妨。请不要……”顿了顿，他上下打量她一眼，“你这样实在容易让人误会。”

“误会啥？”

“喜欢我。”

“……”明明是他自己想太多好不好？沈余觉得自己简直太冤了！

言峥似乎很满意看她语塞的样子，手伸进自己的大衣口袋里正准备掏东西，却在看见她手腕上无意间露出的质地昂贵的四叶草手链时，止住了动作。

十几岁的少年，性格再沉敛，也有想找人分享的时候。然而这一秒，那些迫不及待要与心中最独特之人分享的雀跃，统统沉默下去，至此无声。

两个人又恢复之前冷战时的相处模式。

临近期末的日子过得特别快，转眼间，高一的第一个学期就结束了。

沈余去学校拿成绩单的时候，看见言峥，便免不了想起双方之前打的赌。年段一百名肯定是不可能的，不过想了想他俩还没和好，之前的赌注大概也就不算了吧？又或许他早就不记得曾经打过这样的赌。

沈余的期末成绩虽然比期中成绩考得好了些，但总体是差强人意。成绩单发完的第二天，班主任家访的电话就打到了家里。沈余一度以为自己会挨骂，没想到徐丽女士居然破天荒没骂她，还和颜悦色地给她报了个寒假补习班。

对于徐丽女士的决定，沈余一直到站在教育培训机构门口都还觉得不真实！

徐丽女士替她报完名，交完学费，拜托补习班的老师对她多尽心外，还不忘摸着她的头，叮嘱她："好好学习，争取高考考个好大学，不要让妈妈失望。"

沈余目瞪口呆看着眼前轻声细语仿佛变了一个人的母亲，忍不住伸手掐了自己的胳膊一把，瞬间袭来的疼痛感让她当场弹跳三尺："我的妈呀……您真的是我妈？没被什么奇怪的东西附体？"

"你这孩子……"徐丽女士温柔地笑笑，然后踩着高跟鞋袅娜地离开补习班。

沈余越想越觉得不对劲，她妈这段时间都不正常啊，万一哪天反悔让她把这昂贵的补习费还回去呢？

思及此，沈余顾不得其他，赶紧追问身旁给自己领路的女士："老师，报名还没超过二十分钟，现在申请退款还来得及吗？"

“你觉得呢？”

“……那我把今天的费用扣掉，只退剩下的补习费？”

“你说呢？”

“……要不，看在我这么可爱的分上，打个折扣？”

“小姑娘，不用担心，我会让你班上的老师好好关照你的，争取让你把落下的学业都追赶上去！你就把心放在学习上，别老想着那点学费的事情了。”

“老师，我求求你了，咱们能不能别互相伤害？”

“要对彼此有信心。”领路的女士结束这个话题，然后指了指旁侧坐了许多学生的教室，说：“快进去吧，过会儿会有老师给你发卷子，测试一下知识掌握程度，正式开课前会把各班级名单贴出来，然后进行分班。好好加油，不要辜负父母对你的期望。”

沈余听到最后那句话，无声沉默。辜负的前提，应该是他们对她有所期望才对吧？

补习班在两天后才正式开课。

沈余从培训机构回来，在小区门口遇上了言峥的妈妈夏明月。见到夏明月手上颇有分量的购物袋，她连忙主动上前帮忙。

夏明月本来要婉拒，但是拗不过小姑娘，只好作罢。不过当她看到小姑娘那双被冻得通红的手，连忙心疼地将自己的手套摘下来套在对方手上。

“这么冷的天，怎么出门也不记得戴手套？”

沈余听到长辈关切的话语，傻笑道："出门前一听我妈妈说给我报了个补习班，我吓得整个人都不好啦，所以就没想起要戴手套……"

"补习班？"夏明月惊讶的目光落在沈余手上印有培训机构名字的袋子上。在她看来，徐丽实在不像是会对子女学业上心的人。

沈余点点头，调皮地朝长辈眨了眨眼，说："言妈妈你是不是也觉得太阳打西边出来啦？"

夏明月失笑，伸手摸摸小姑娘的脑袋瓜，心底却满满都是怜惜。不被父母疼爱的孩子，只好被迫自己长大。即使表现得如何不在乎，心里还是伤心的吧？

夏明月回到家后，在当晚的饭桌上提了几句沈余去上寒假补习班的事情，还问了下自家儿子关于沈余各科的学业，并叮嘱他在学习上要多帮一帮沈余。

言峥点点头，顺口问了一句沈余所在的教育培训机构的名字，其余的什么都没说。

第七章

补习班

[1]

两天后，补习班正式开课。

寒冷的冬日早晨，沈余在徐丽女士催魂般的敲门声里，长叹一声，然后认命地从暖和的被窝里爬起来去上课。

这家培训机构规模挺大的，而且风评不错，所以每年寒暑假都有很多家长替子女报名。此刻培训机构里已经聚集了很多来补习的学生，初高中都有。

沈余刚出现在培训机构大门口，肩膀立即被人轻轻拍了一下。

她转过头，看到身后一个长相可爱的包子脸女生正对着自己笑。女孩个子很娇小，有些微胖，眼睛圆圆的，笑起来的时候露出两个酒窝，很是可爱。

沈余愣了愣，礼貌地朝对方微笑以示回应。

女生热情地朝沈余伸出友谊之手："你是高一(1)班的沈余吧？你好，我是（6）班的江江，我们在同一个补习班上课哦！"

俗话说，伸手不打笑脸人。再加上江江同学的长相可爱讨喜又无公害，很容易令人放松防备，所以沈余友好地和对方握了下手："你好，请问你知道补习班怎么走吗？"

沈余还没来得及去看一下自己被分到哪个补习班，所以此番听到对方的话，干脆直接请其帮忙带路。

江江听到她的请求，笑容灿烂地把事情揽下："当然，我带你过去！”

“谢谢！”

“不客气，都是一个学校的，自己人嘛。”自来熟的江江同学说着就从书包里掏出一个热乎乎的糯米饭团，“你早饭吃过了吗？我请你呀！”

“不用了，谢谢！”沈余摇头婉拒她的好心。

江江的表情颇为遗憾，拿着饭团，又询问了一次：“你真的不吃吗？我妈妈做的饭团可好吃啦！”

“我吃过了。”沈余看着江江手中卖相普通但是香味四溢的饭团，再次婉拒，只是心底却隐隐有些羡慕。她今天的早饭是在路上花了一块五买的蛋饼。虽然味道还行，但吃起来到底还是不如父母替子女精心准备的美味可口。

“那我就不客气咯。”江江听到答案，没有再勉强，而是迫不及待地把食物直接喂进了自己的嘴里。她边走边吃，把一个小小的饭团吃出了五星级美食的感觉来。

沈余几次三番想要开口打断江江，最后都于心不忍。等江江终于把手里的饭团吃完，沈余才问出自己的疑惑：“请问我们所在的补习班到了吗？我怎么感觉我们好像绕了一圈了？”

江江将手中的塑料袋扔到垃圾桶里，然后非常诚恳地拍胸脯保证：“放心啦，前面再拐个弯差不多就到了。”

沈余深感怀疑地瞅了她一眼，没有说话。等两人拐了个弯，才发现那几间小教室里已经坐满了来补习的小学生们。

江江不好意思地挠了挠头，“我记错了，刚刚应该要往另外一个方向转弯。那什么，我们往回走吧？”

几分钟后。

沈余看了看四周熟悉的场景，无奈地叹了叹气，“朋友，你又绕了一圈。”

“唉？”这回轮到江江怀疑地看着她，“我地理不好你可别骗我，我昨天特地来踩过点的。”

沈余听到她的话，静默了几秒：“别告诉我你这次还报了地理补习班？”

“咦，你好厉害，这都能猜到！我一共报了三个补习班，化学、数学还有地理！我爸妈说学好数理化，走遍天下都不怕。”

沈余忍了忍，最后还是出声纠正她：“地理属于文科。”

“不要在意这些细节啦，反正都有一个理字。早上化学课上完，我还要再上一门地理课，下午是数学……”

来补习的大部分人都已经找到了自己所在的教室，再耽搁下去，两人就要迟到了。沈余决定速战速决，出声打断江江的话，“我们分在哪个班级？”

江江冥思苦想了会儿，明明上一秒还牢记的数字，关键时刻偏偏怎么也想不起来。最后，她只好不好意思地挠了挠头说：“我忘了……”

“……”沈余此刻有点想吐槽，但是看到女孩自责的样子，顿时什么都说不出来，深呼吸一口气，“算了，我自己去找吧。”

沈余转身就走，走了两步，转过头看到那个名叫江江的女孩耷拉着脑袋瓜独自站在原地，怎么看怎么觉得可怜。

于是，刀子嘴豆腐心的她只好板着脸，朝身后之人喊话：“江江，发什么呆？再不走我们要迟到了。”

江江先是愣了愣，随后反应过来沈余确实在叫自己，包子脸顿时笑成了一朵花。她迅速跑过去，自来熟地抱住沈余的手臂，“小鱼儿，你人真好！”

沈余倒是没有反感对方的举动，只是她从小到大女性友人少得可怜，这种好朋友间的亲密更是没有过，所以当下整个身体都有些僵硬。更何况严格算起来，她跟江江同学目前连朋友都还算不上。

江江完全没注意到沈余的反应，一扫先前的失落，开启话痨模式：“小鱼儿，你除了补习化学，还有没有参加其他的补习班？”

“没有。还有，我叫沈余，不叫小鱼儿。”

“哦，”江江没怎么在意，“那你等下上完课就直接回家了吗？”

沈余点点头，江江又继续问：“那我们明天早上几点碰头？我给你带早饭呀，我爸妈的手艺可棒啦，保管你吃了还想吃！”

“不用。你现在好好把这段路记一遍，明天应该就知道怎么走了。”言下之意即，明天还是各走各的吧。

可惜江江没有听懂：“明天的事情明天再说呀！对了，小鱼儿你家住哪？我家住城南哦，离得近的话，我们以后可以一起上下学呀！”

“……”沈余现在非常非常后悔！谁来帮她把这个小话痨拖走……

“你每天早上几点起床？你搭公交车还是自己骑自行车？你……”

沈余忍了忍，掏出口袋里仅剩的一颗糖果，递给江江：“请你吃糖。”

“小鱼儿，我们现在是好朋友了，对吧？”江江拿着糖果笑得可开心了，“那等下我们俩坐前后桌吧？你这次期末考考得怎么样？你以后想念文科还是理科？你……”

沈余忍无可忍，伸手抢回了自己的糖果，然后剥开包装纸，把糖塞进自己嘴里。

周遭的空气突然安静下来，江江一脸迷茫地看着眼前突然变脸的朋友，不明白刚刚这短暂的几秒钟里发生了什么事。

最后还是沈余被她看得不自在，勉强解释：“你太吵了，用吃的都堵不住你的嘴，我只好堵住自己的嘴了。”

话音刚落，身后突然传来一声轻笑。

沈余回头一看，整个人都不好了！

妈呀，谁来告诉她，为什么言峥这个冤家会在这里？学霸来上补习班这种事，太不科学，她会相信才有鬼！所以她满脸戒备地盯着某人：“你干吗跟踪我？”

言峥笑容微敛，打量她一眼，说：“沈余，你知不知道你有个缺点？”

“什么？”沈余脱口问道，问完又觉得不太对劲，但是覆水难收。

“眼瞎。”言峥说着，步履轻舒地往前走去。

“……”沈余一口老血喷出来。她就知道这个坏家伙肯定挖了坑在等她跳！气急的她正想找人吐槽一下言峥的恶劣行径，结果转过头就看到新认识的这位朋友已经叛变了。

友谊的小船说翻就翻，真是让人郁闷。她深呼吸一口气，问：“江江，你在看什么？”

江江一脸花痴地盯着言峥离去的方向：“哇，言峥好帅啊！果然学霸毒舌起来没其他人什么事了。小鱼儿，你们俩的互动好友爱，这就是传说中的青梅竹马吗？羡慕！”

沈余又是一口老血喷出来：“江江，你知不知道你有个缺点？”

江江一脸天真地询问：“什么缺点？”

“眼瞎！”沈余吐槽完，快步朝前走去。

“……”这是城门失火，殃及池鱼啊！江江看着前方的那一对男女，觉得自己真无辜。

沈余是在旁侧第三间教室门口找到自己和江江的名字的。

她看到名单，朝傻眼的江江招了招手，还不忘挑衅似的斜睨了落后自己三两步的言峥一眼，然后才快步走进教室。举目望去，一间二十人左右的班级已经快坐满了。她正琢磨着坐哪个角落，身后有不紧不慢的脚步声响起。她还以为是江江，结果一回头，发现来人居然是言峥！

她当下“靠”了一声，瞪向来人，“还敢说你没跟踪我？”

言峥平静的目光如水般从她的脸上滑过，看着她脸上不耐烦的神色，薄唇轻启想要说什么，下一秒又作罢。脚步微抬，打算绕过她，却被堵住了去路。

“怎么，心虚了？”沈余挡在他面前，既烦躁又郁闷。这天底下怎么会有像言峥这么讨厌的家伙呢？

言峥定定地看了她一眼，依旧没说话。

不知怎的，沈余觉得自己从他的眼神里读出了“智障”二字……

她当下没能沉住气，凶巴巴道：“难道我说得不对吗？获得全国化学联赛一等奖的人还来上我这个程度的补习班，说出去连鬼都不信吧？”

上课预备铃声适时响起，踩着铃声进门的江江听到沈余的话，横插一句：“说不定言峥是来教我们这群学渣的呢？”

沈余听到江江的话，差点放声大笑：“江江，你是来搞笑的吗？”

江江正准备分析一二，随即就看见向来高冷的学霸友善地朝自己笑了下。江江顿时心花怒放，激动地抓住沈余的手：“哇，言峥对我笑了耶，他笑起来的样子好帅！你们这些长得好看的人就应该多笑笑，天天板着脸，简直暴殄天物……”

沈余正要开口吐槽她没眼光，下一秒却看到言峥走上讲台，然后拿起粉笔在黑板上写下“言峥”二字。她的下巴当场掉在地上，摔得粉碎。

正式的上课铃声在这个时候响了起来，补习班的少年们看到讲台上那个与自己同龄的身影，纷纷窃窃私语。

沈余和江江呆若木鸡地站在教室门口进来一点的位置，目光直愣愣地盯着讲台上那个身影。

“你们好，我是言峥，是你们的化学补习老师。希望接下来的两个星期，我们能愉快相处。”言峥落落大方地站在讲台上，做完自我介绍，他便将目光投向还没有就座的沈余和江江，“现在开始上课，请还未就座的同学及时入座。”

沈余还沉浸在震惊中没有回神，率先一步反应过来的江江赶紧拉着她在教室后排空余的位子上坐下。

江江坐下后兴奋地拽着前桌的沈余，小声说：“小鱼儿，天上掉馅饼咯。没想到言峥居然真的是给咱们补习的老师哈哈哈！”

沈余一口气差点没上来。于她而言，这分明是晴天霹雳好吗？她回头看见江江那张迷妹脸，吐槽的话语咽了回去。

想想也是，这些外人岂会了解她和言峥从小到大的纠葛呢？

待两人坐好，讲台上的言峥开始请全体将课本翻到指定页面。然而，他话音未落，就听到“啪”一声书籍重重砸在桌面的声音。

突兀的声音在还算安静的空气中响起来，瞬间吸引了所有人的注意力。

教室角落里一个瘦高的男生臭着脸站了起来，一脚踢开自己的凳子：“他妈的，这什么垃圾补习班？收我们那么多补习费，连一个老师都请不起？”

男生骂骂咧咧地拎起自己的斜挎包，连桌上的书籍都没拿，就向大门口走去。在经过讲台的时候，还不忘嘲讽道："有些人站上讲台就以为自己是老师了，丫初中毕业了吗就来忽悠我们，当我们大家傻吗？"

言峥平静地听完他的话，微微挑眉："不服？"

男生不屑地哼了声，反问："就你？我呸！"

言峥不怒反笑，将手边的书本推到他面前："你随便问，如果有一题答不上来，我立即请辞。"

男生怀疑地看着眼前镇定自若的少年："任何一道题？"

"嗯。"

台下起哄声一片，看热闹的有之，搅浑水的有之。

有不信任言峥的人在底下追问："我们也可以提问题吗？"

言峥点头："当然。"

整个教室因为言峥毫不犹豫地回答，再次热闹起来。

江江兴奋地伸手扯了扯前桌的沈余："哇，你们家言峥好帅啊！这人太没素质了，坐等打脸哈哈哈！"

沈余皱眉盯着台上的言峥："帅什么帅，这明显脑子有坑。没事寒假不在家玩，来补习班瞎凑什么热闹……"

"解救我等芸芸众生啊！你看过武侠小说没有？里面的高手都古道热肠……"

"呵呵！"沈余冷笑了声，不再理会江江，伸手打开手头的化学教材看了看，很快又合上了。她知道言峥的化学很好，但是，随便提问？年纪不大，口气倒挺狂的。不可否认他化学成绩好，可万一咧？

此时的讲台上，领头挑衅的那名男生已经开始翻开教材，拿着粉笔在黑板上写题目了。教材上的知识点越往后越难，为了难倒言峥，他特意选了几题难度比较大的。

只是令他没想到的是，他每写完一道题目，对方二话不说立即拿起粉笔就开始在下方解答，整个过程一气呵成。最关键，答案全对。

他盯着黑板，脸色难看了几分。忽地，脑中灵光一闪，他想起了自己之前胡乱塞在书包夹层的高二上学期化学期末考的试卷。

“切，高一的化学内容答错了那才丢人，我这还有几道题想请教请教。”他说着，翻出试卷，然后把最后那几道大题写在了黑板上。

言峥看了眼黑板上的新题目，几乎没怎么思考，就一一列出了详细的解答步骤和答案。

粉笔与黑板接触的声音一停下来，立即有人在问出题目的男生，言峥写的答案是否正确。男生黑着脸，梗着脖子，仔仔细细把试卷上修正的正确答案与黑板上的答案从头到尾对了一遍，最后沉默了。其他人见到他这副模样就知道言峥答对了，当下议论纷纷。其中仍有一些不服者开口朝言峥提问，结果一个个站起来，又一个个倒了下去。而明亮的日光下，少年穿着浅色的衣裤俊挺地站在讲台上，脸色平静而从容。

沈余也不知道自己究竟中了什么邪，忽然就移不开眼了。她觉得那个记忆中讨人厌的少年，从来没有一刻像现在这样迷人过。她双手托腮坐在底下盯着对方发呆，衣服突然被人拉扯了几下，毫无防备的她被吓得差点当场从座位上跳起来。

江江看到她的反应，不解："你怎么了？"

"没事！"沈余因为心虚，音量比寻常大了几个分贝。她觉得自己刚刚可能有病，居然会觉得某人好看唉！

江江倒是没有发现她的异常，只是感叹道："啧啧啧，小鱼儿你家言峥好厉害啊，眼都不眨一下就把敌军杀了个片甲不留！"

"厉什么害？身为补习老师如果连学生问的问题都答不上来，凭什么收那么多补习费啊？"

"你说得好像也有点道理。但是……"江江顿了顿，话锋一转，惆怅地叹了口气，"这年头有对比才有伤害啊！你说人和人的区别咋这么大哩？我等学渣花钱来补习，人家学霸直接来当补习老师……"

沈余闻言，当场捂住心口。这年头最伤人的是什么？赤裸裸的现实啊！她觉得，江江同学可能是言峥专门派来给自己添堵的！

就在这时，旁处飘来几句清晰的讨论声——

"我靠，这个叫言峥的居然这么厉害？你爸妈不是刚给你买了部手机？能上网吗？"

"当然，干吗？"

“上网找几道厉害的题目考考他？”

“成啊，正好哥哥我也看不惯这些所谓的模范生们。要不来几道奥赛的题目？不是说奥赛是最难的吗？”

“好主意！”

……

这个年代，互联网刚刚兴起没多久，网络和手机还没那么普及。沈余听到这里，嘴角微微抽了抽，转过头好心提醒那两位：“我说，你们别浪费时间了，奥赛这种，没用。”

“关你屁……”其中一个男生抬起头来，目光落在沈余脸上的瞬间就改口，“不试试怎么知道没用呢？这位同学，你哪个学校的啊？叫什么名字？我叫钱林，认识一下呗。”

沈余直接把头转了回去，没搭理对方。

没过多久，那位名叫钱林的男生拿着从网上抄下来的题目开始提问。结果令他大跌眼镜的是，这个补习老师年纪不大但本事却不小，解答这些奥赛题目就跟做小学生的加减法一样快速，简直活见鬼了……

大概是挑衅的都铩羽而归，所以班级的气氛显得有些颓丧。言峥将手中的粉笔轻放进黑板槽里，看向众人，脸上难得地露出一个亲切的微笑：“还有谁想提问？不用跟我客气。”

回答他的，是一片鸦雀无声。

补习课回到正轨，沈余坐在位子上心里却有些发毛。因为每次言峥的眼神扫过来，她心里总冒出一种对方要叫她起来回答问题的错觉。虽然最后言峥提问的时候都叫了其他人起来回答，但由于心情起伏太大，她觉得自己都吓瘦了。

所以，下课的铃声一响，她第一个冲出了教室。

江江还没反应过来，前桌已经空了。等江江反应过来，沈余已经坐上了回家的公交车。

冬日的阳光从公交车的车窗外照进来，晒得人身上暖洋洋的。

沈余坐在靠窗的位子上，越想越觉得不对劲。这天底下哪里真的有这么巧合的事情啊？她去参加补习班，他恰好就成了补习班的老师？化学补习班一共有好几个，他怎么就那么巧合地接手了自己所在的那个班级呢？怎么想，都觉得有阴谋啊！

于是，大脑被阴谋论占据的她在踏进家门口后，把东西一放又迅速下了楼，然后守在一楼楼梯口开始了蹲点行动。

阴冷的楼道里有冷风穿过，沈余忍不住缩了缩脖子。偶尔有邻居经过，见到她都要问上几句为什么不回家。

约摸过了二十分钟，言峥才缓缓出现。

沈余正等得不耐烦，一见到他，立马就冲了过去。她粗鲁地拽住他的衣服，没好气道：“你到底想干什么？”

言峥听到她没头没脑的质问，微微皱了皱眉，目光从她拽住自己衣服的手滑过，最终落在她脸上。

沈余看到言峥脸上露出的防备之色，当场一口老血堵在喉头，吞也不是吐也不是。因为，言峥那表情，就仿佛自己对他欲行不轨之事……

“你死心吧。”言峥开口的同时，伸手将自己的衣服解救了出来。

“什么？”沈余一时半会儿没反应过来，见他要走，连忙又一次拽住他的衣服。

言峥目光定定地看着她好一会儿，然后轻叹了一口气，说：“抱歉，强扭的瓜不甜。”

“啊？”沈余一脸呆滞。她觉得自己的智商好像掉线了，要不然咋听不懂言峥的话了呢？她就那么呆愣愣地站在原地，看着言峥步履轻缓地上了楼。

一直到脚步声没了踪迹，后知后觉的沈余才突然反应过来，对方刚才话中之意好像是在说自己霸王硬上弓？她当场气得直跳脚，噔噔噔跑上楼，气愤地打算敲开言家的门找某人算账，结果拍门的手还没落下就听到里头传来夏明月柔声与某人说话的声音。

她站在门口偷偷听了一会儿，胸口气愤的情绪好像都在那些柔柔的关心声里平息下去，即使，那些话语并不是说给她听的。

最终，她决定勉强放他一马。

[2]

第二天，沈余在培训机构大门口碰到了江江。江江见到她，立即兴奋地将手中装着早餐的袋子塞进她手里：“小鱼儿，你可算来了，再不来你的早餐都凉啦！”

沈余莫名其妙地看着手里多出来的食物，用疑惑地眼神看向对方：“我记得昨天没有请你帮忙带早餐。”

江江露出一个可爱的笑容：“茶叶蛋是我妈亲手煮的，饼是我爸烙的，豆浆也是我们自己家现磨的。”

沈余怀疑地将眼前的妹子上上下下打量了一番：“无事献殷勤，非奸即盗。你该不会……是对我有什么非分之想吧？”

江江一脸受伤地捂住胸口：“小鱼儿你太伤我的心了！我们认识这么久，你就算不相信你自己，你也要相信我呀！”

沈余似笑非笑地看着她:“没记错的话,我们好像昨天才认识？”

江江干笑几声，说：“交朋友贵在交心，认识多久一点都不重要。你看我长得一脸善良的样子，怎么可能会对朋友下黑手呢？我这纯粹是为了报答你昨天的领路之恩。”

沈余顿悟地扬了扬眉：“江江同学，你特意等我出现，该不会是因为你又迷路了吧？”

“呵呵呵，你怎么知道我等你很久了？”江江说完才反应过来自己说漏了嘴，赶紧一把捂住自己的嘴巴。

沈余笑眯眯地看着她，不说话。

江江正绞尽脑汁让友谊的小船稳住，一抬眼就看到了从远处走来的言峥。

他穿着深色外套，围着一条白色的粗针织围巾，里面搭一件白色的毛衣，搭配的是一条浅色的牛仔裤。冬日厚实的衣服穿在他身上却丝毫不显半分臃肿，反倒多了几分独特的味道。

江江瞬间开启迷妹模式，兴奋地抓住沈余的手臂，一双星星眼盯着言峥的方向：“哇，小鱼儿，你家言峥来啦，他真的好帅啊！”

沈余顺着江江的视线望过去，看着自人群中徐徐走来的言峥，脑袋瓜里忽然冒出四个字——鹤立鸡群。

大概是感受到她们太过火辣的目光，言峥突然看了过来。沈余躲闪不及，被逮了个正着。她明明心虚，却不想认输，于是便故作无事地继续盯着他看。

相比较而言，江江就显得太不淡定了。她激动地抓紧沈余的手臂尖叫：“啊啊啊，他看向我们这里了！”

沈余还没来得及叮嘱身旁的人低调点，下一秒，她就看到少年清清冷冷的眉眼忽然弯了起来，露出足以暖化寒冬的笑容。

她还有些发愣，身旁的江江已经尖叫起来：“啊啊啊，他笑了笑了！噢，我好像有点腿软，快扶我一下……”

沈余对江江影后级的表演佩服得五体投地：“朋友，你能不能有点出息？收一收你的司马昭之心。”

“对不起，可是我控制不住我自己呀哈哈哈哈哈！”江江一双眼睛黏在自己偶像身上，连眼神都没空施舍给身旁的友人一眼。

沈余扶额，当下决定和丢人的江江同学保持距离。

江江压根没发现，眼睛亮晶晶地盯着越走越近的少年，羡慕道：“你们俩感情真好，真羡慕你们一起上下学。话说他来教补习班会不会是为你而来的呀？哇，想想就觉得好浪漫呀！小鱼儿你上辈子一定拯救了银河系，所以这辈子才会遇见这么一个青梅竹马……”

沈余脚底一滑差点摔倒：“你是早上豆浆喝太多，脑袋瓜秀逗了吗？哪只眼睛看出我们感情好？我们明明是死对头！”

“啊！这么说来……”江江顿了顿，双手做捧心状：“难道学霸同学刚才是在对我笑？我何德何能何德何能哈哈哈……”

沈余不再看身旁已经发疯的朋友，扭头就走。她觉得自己做人太失败了！好不容易交了个新朋友，本以为是援军，万万没想到居然是敌军阵营派来的卧底！

远处如山间清泉般带着冷冽又透出甘甜表情的少年，已经走至眼前。江江的注意力全部被他吸引，以至于没有发现沈余已经离开。她主动朝对方打招呼：“言峥同学，早上好。我是沈余的朋友，我叫江江。你也去教室吗？大家一起啊！”

“早上好。”言峥早已敛了笑，礼貌又疏离地开口回应，余光却落在沈余的背影上。

沈余还以为江江会叫自己，结果转头一看对方的注意力都在自己的死对头身上，压根没注意到自己。她不甘心，三步并作两步奔回去，凶巴巴道：“江江，你跟他走还是跟我走？”

江江缩了缩脖子，纠结道：“呃……大家的目的地不是一样的吗？”

沈余面无表情地转身走人。

江江看了看离开的沈余，又瞅了瞅近在眼前的偶像，最终还是追上去。毕竟，偶像又不会天天给她领路。关键时刻，还是朋友靠谱啊！

她讨好地挽住沈余的手臂："小鱼儿你真的不等你家言峥一起吗？虽然三人行必有一个是电灯泡，但我一点都不介意自己是个电灯泡。只要你们有需要，一句话的事……"

沈余阴恻恻地打断她的喋喋不休："你再在我面前提他，咱俩绝交！"

"呃……小鱼儿你千万把心放回肚子，我对言峥同学纯粹只是敬仰，完全不是你想的那个意思。"江江恨不得举双手双脚一起对天发誓。

沈余堵心地把手中的早餐塞回江江手里，"吃你的早餐，别说话！你一开口我得少活好几年！"

江江还想开口，被沈余一个眼神堵住了。

在她们身后，少年双手插兜不远不近地跟着。前方的对话声清晰地传入耳朵里，少年不易察觉地扬起了嘴角。

三人走进教室，上课铃声就响了。

许是昨天被言峥震慑到，所以今天补习班的少男少女们特别安分。言峥走上讲台，二话不说，拿起粉笔在黑板上连续写下三个方程式的开头，然后转身看向台下的学生们。

这一看就是要提问的架势啊！台下立即响起一阵窸窣声，翻笔记的有之，交头接耳的有之，低头不敢直视言峥的有之。

沈余先是看了一眼黑板上的方程式，发现自己完全不会做，顿时心虚地移开目光。

言峥看着台下众人，缓缓开口："现在我们来回顾一下上一节的知识点，有同学愿意主动上来解答一下这三个方程式吗？”

言峥话音未落，台下已经鸦雀无声。

沈余四处瞅了瞅，发现并没有战友愿意主动出头，于是在言峥的目光扫过来那一刻，赶紧低下头去。学渣课堂生存法则之一，在课堂提问时，坚决不与老师发生眼神接触！因为一旦眼神接触，你就输了！

结果，天真地以为自己逃过一劫的沈余，突然就听见头顶响起一道晴天霹雳——

“沈余同学，请你上来解答一下。”

“……”沈余头皮发麻，磨磨蹭蹭地从位子上站起来。她没看题目，反倒怀疑地盯着言峥看。她觉得言峥肯定是在针对自己！要不然班上那么多人，怎么偏偏就叫了自己呢？难道他还不知道她课后从来不爱复习？

沈余眼神不善地盯着言峥看了好一会儿，没吭声。

言峥只好善良地出声提醒：“沈余同学，我脸上有答案吗？”

教室里有低低的哄笑声响起。

沈余气不过当场怼回去：“没有，所以这题目我不会解。”

相对于沈余的反应，言峥显得平和多了。他看了沈余几秒，忽然招手：“你上来一下。”

沈余听到他的话，气得牙痒痒。都说不会了，还叫她上去？成心想看她出丑吗？可恶！上就上，这年头光脚的不怕穿鞋的，老师体罚学生的话罪过可就大了！

她当下从位子上起身，仰首挺胸大跨步走上讲台。不过她刚走上讲台，一旁的言峥突然拿起粉笔转身把黑板上那三个方程式给补完整了。

言峥解答完方程式，转身问眼前之人：“看清楚了吗？”

沈余不明所以，胡乱点了下头，打算静观其变。孰料，她刚点完头，就看见言峥拿起黑板擦瞬间将刚才所写的答案擦得一干二净。

“你默写一遍。”

“……”沈余整个人都不好了！不怪我军太轻敌，实在是敌军套路太深啊！

台下无数双眼睛齐刷刷看过来，沈余涨红了脸。言峥平静的目光，更令她如芒在背。她拿起粉笔头，盯着那几个方程式，绞尽脑汁回忆了好一会儿，也没能写完整。最终，她垂头丧气地在言峥的指示下回到座位上。

“对于学习来说，当你没有什么捷径可走时，重复就是最好的办法。所以，为了帮助大家加深印象，我会在每节课前几分钟帮大家回顾上一节的知识点。”言峥说到这里顿了顿，目光落在某个位子上，当众点名道：“沈余同学，回去好好复习，下节课说不定我还会提问你。”

“……”沈余当场悲愤！她有种预感，自己接下来的补习生涯一定会过得很悲惨……

果不其然，这节课快结束的时候，放空思绪的沈余又被拎起来回答了一个问题。她磕磕绊绊，在江江的提醒下勉强回答对问题，只是心里却认定了言峥在打击报复自己，所以看着言峥的目光似要喷火。

下课后，沈余愤愤不平，恨不得冲上去找言峥干架。

江江为了防患于未然，一把抱住她的腰，劝道："小姐姐，冲动是魔鬼啊！你们俩这床头吵架床尾和的，答应我，有事回家关起门来好好解决，好吗？"

沈余听到江江的话，气得差点一个倒仰，"江江你这是要气死我好继承我的遗产吗？"

江江直白道："我要继承也是继承小姐姐你的美貌和竹马哥哥啊！"

沈余哭笑不得，简直没办法跟被言峥迷得鬼迷心窍的江江沟通，只好选择不搭理她。

当天一回到家，不服输的沈余就翻出资料开始复习。

只是，上课没认真听讲的她，在看到满目的化学元素以及化学方程式后，忍不住昏昏欲睡。好不容易打起精神复习了一遍，发现不懂的知识点比懂的还多！

她盯着这些难点研究了半天，有好几次都想去对面寻求帮助了，最后又因为自尊心作祟而硬生生忍住。

所幸，她其实基础并不算太差，静下心后，慢慢地一点点自己琢磨和翻课本，熬到后半夜，终于把知识点理解掌握得七七八八。

不过，让沈余郁闷的是，当她信心十足地顶着一对黑眼圈去上补习课，以为这次可以让言峥刮目相看，结果一节课结束，对方却压根没打算理她！

她颇有种一拳打在棉花上的感觉，心塞塞。

而更令她吐血的是，看出她心理活动的言峥在下课后，特意叫住她，关切道："沈余同学，我今天没提问你，你是不是很失落？放心，明天我会记得提问你的。"

沈余当场暴走！言峥看到她气呼呼离开的背影，忍不住微微扬起了嘴角。

一旁被两人忽视的言情小说十级爱好者的江江同学，在看到这一幕后，脑中第一个反应就是：不得了了，小两口连拌嘴都冒着甜蜜的气泡哇！

沈余一回到家，就把手里的复习资料扔到角落里了。不过她的暴脾气一向是来得快去得也快，等到气消了，静下来想了想，又重新把复习资料捡了回来。毕竟学习是自己的事，补习费也挺贵的，不能就这么浪费。而且人争一口气佛受一炷香，某人越是看扁她，她就越是得让对方刮目相看才对！

尽管如此，沈余还是经常被言峥在课堂上的针对气得直跳脚。

这段为期两周左右的补习班进入尾声之际，天天熬夜学习的她除了成绩显著上升之外，还多了一对明显的黑眼圈。

[3]

冬雨淅淅沥沥，下了三天还未停歇。

这天是补习班的期末检验。教室里，虽然言峥还在讲台上整理全班学生的试卷，但此刻已经下课，有速度快的同学开始背着书包往外走了。

“沈余同学，你今天有空吗？赏脸来我家吃顿便饭吧。我爸妈说今天要是没把你带回家，我也不用回家吃饭了……”江江趴在沈余的书桌上，双手合十做恳求状。

江江父母自从得知沈余的存在，天天喊着让女儿把人带回家吃顿便饭，说是要当面感谢一下这位在补习班照顾女儿颇多的小姑娘。

尽管经过这段时间的相处，沈余已经彻底把江江当成朋友，但因为家庭以及性格缘故，从小就和同龄人疏远的她到底还是不习惯去别人家里作客。所以当江江又一次开口邀请时，她想都没想再次拒绝了。

“心意我领啦，你帮我谢谢叔叔阿姨。”沈余的话音刚落，就听到门口有人在喊自己。她循声望去，发现来人竟然是裴禹！

她愣了愣，反应过来后，连忙冲到门口：“师兄，你怎么在这？”

少女迎风跑来，明媚的笑容仿佛冬日璀璨的骄阳，吹散了雨天连日来的阴霾。裴禹眸光微闪，压下心头的迟疑，笑道：“我是特意来找你的，你下课了吗？”

沈余重重点了点头，好奇道：“有什么事吗？”

“你把书包拿上，我们边走边说。”

“好！”

沈余话音未落人已经如旋风般奔至自己的座位，匆忙地把桌上的东西往书包里一塞，拎起书包又冲了出去。

不过经过门口时，她也不知道自己究竟怎么了，忽然有些心虚地回头看了言峥一眼，发现对方压根没注意自己后，莫名松了一口气。

教室内，被严重忽略的江江同学，稀奇地盯着同撑一把伞离开的一对背影瞧了瞧，然后又抬头去看言峥，恰好就看到言峥盯着门外皱眉的样子。

好奇心切的她当机立断跑过去，凑到言峥身旁，八卦道：“嗳，刚刚这人谁呀？”

言峥收回目光，没回答。

江江还以为他也不知道，大胆猜测：“难道是追求者？”

她在学校关注的男同学除了言峥就没有其他了，所以并不知道外头那位是何许人也。

言峥瞥了她一眼，一言不发地抱起试卷走出了教室。

江江感受到偶像的低气压，若有所思地摸了摸下巴：“追求者这么帅，是应该有危机感。不过沈余这个家伙真是的，有异性没人性……”

被人往伤口撒盐的言峥脚步一滞，然后加快了离开的步伐。

年关将近，大街上的人流明显多了许多。

雨水落在伞面上，嘀嘀嗒嗒。沈余看着身旁之人的侧脸，蓦地想起上一次两人共撑一把伞的情形，平静的少女心突然扑通扑通跳个不停。只是下一秒，言峥皱眉冷笑的样子鬼使神差般冒了出来。她下意识甩头，企图将脑袋瓜中的影像甩开。

裴禹见状，不明所以，“小余，你在干什么？”

沈余回过神，傻笑了下，蹩脚地转移话题：“师兄你找我什么事？”

“我明天要出国，所以来跟你说一声。”

“啊，你不回来啦？”沈余下意识抓住他的手。

裴禹见她误解，笑眯眯解释道：“等开学了再回来，我今年会跟父母一起在国外过年。”

“哦……”沈余红着脸，不好意思地缩回手。

“你有没有什么喜欢的礼物？我回来给你带。”

“没有没有没有。”沈余连连摆手。她只是单纯关心他而已，真的没有讨要礼物的意思。上回收到他的一个礼物，她到现在都觉得良心难安。但是还给他的话，最终的命运就是垃圾桶……可是可是……唉，反正她老是有种自己占了对方便宜的感觉。

“那你有没有特别喜欢的东西？”

沈余摇头，对方却不肯放弃。

“那我就自己看着办了。”

“裴师兄，我真的没有想要的礼物，你千万别破费……”

裴禹板起脸，故作生气道：“沈余，你是不是很讨厌我？”

沈余以为他真的生气了，连忙道：“师兄你别生气，要不然，要不然你到时候给我寄贺卡吧？就是不知道国外寄回来要多久……呃，好像也挺麻烦的样子……要不还是算了吧……”

裴禹伸手轻轻弹了她的额头一下，微笑道：“我没生气，刚刚跟你开玩笑的。不过寄贺卡挺麻烦的，我给你打电话吧。”

“好呀。”沈余捂住额头傻乐。

两人闲聊的间隙，雨势渐长。

裴禹贴心地将沈余一路送到了楼下。

走道上，冷风夹杂着雨水迎面而来，沈余抱着怀里的书包下意识退了一步。然而，下一秒她却突然愣在原地。因为，就在她后退的瞬间，原本站在她身旁的裴禹突然移到了她面前，完美地替她遮挡了风雨。

漫天的雨水声里，眼前的男孩目光灼灼，仿佛藏满了爱意。她手足无措站在原地，突然就忘了周遭的一切，只有满腔欢喜和那颗欢快跳动的心。

两人之间的距离近了一点，又近了一点，她屏着呼吸，有些不敢置信又忍不住去猜测他的下个动作，全然忘记眼下场合有多么不合时宜。

这短短几秒的时间，比以往许许多多的时刻都漫长。只是，当她终于控制不住自己内心的躁动，想要将那句猜测脱口而出之际，一个突兀的男声忽地响起——

“让一让。”

那声音近在咫尺，又太过熟悉，沈余想忽略都不行。

她瞬间扭过头去看，孰料弧度太大，只听见自己的脖子传来“咔嚓”一声响。

她痛得两行眼泪当场就下来了。有一堆话想对眼前不知何时冒出来的言峥说，却悲剧得一个字也说不出来。

言峥冷眉看着女孩痛苦的样子，没同情心地说了两个字：“蠢货。”

沈余紧捂着脖子，气得咬牙切齿：“言！峥！你有病啊？人吓人吓死人你不知道啊？”

“还有力气说话，看来没什么事。”言峥瞥了她的脖子一眼，然后将目光移至裴禹那张面带关切的脸上，低低哼了一声，抬脚继续往楼梯方向走去。

裴禹没说话，反倒是沈余看不过去，伸出另一只手拽住了言峥的衣服。

“你害我扭到脖子还想一走了之？你的良心不会痛吗？”沈余凶巴巴地控诉完言峥，转头看向裴禹的时候，立即换了张和颜悦色的脸，“师兄你今天肯定还有很多事情要准备，你先回去忙吧。”

“你的脖子怎么样？要不要紧？我送你去医院。”

“不用不用不用，不是有句话叫谁烧山谁坐牢谁造孽谁负责吗？言峥会送我去医院的，你自己路上多注意安全，我们年后见啦！”

“好吧，那年后见。”裴禹临走前摸摸她的头，“照顾好自己。”

沈余点点头，一直目送着裴禹离开自己的视线。就在她决定收回视线之际，耳边冷不丁传来嘲讽声——

“沈余，把你这种人关进猪圈，猪都要和你划清界限。”

学霸要是骂起人来都不带脏字，沈余的好心情瞬间没了。她还拽着言峥的衣服，气呼呼地瞪着他：“你什么意思？把话说清楚！”

“人蠢就该多读书。”言峥浑身上下都透着对沈余的嫌弃。

“你学习成绩好了不起啊！”沈余对上他的目光，不由想起刚才的那一幕，顿觉心虚，因此说话的时候音量不自觉提高了几分。

言峥见她那副不开窍的样子，忍了忍，终于还是决定开口提点她：“你知道自己现在站在什么地方吗？”

他大概猜到居心叵测的裴禹打算干什么了。刚才那一幕，就算不是沈余的父母撞见，只要被小区里的任何一个长辈看见，不出一天，沈余在早恋的消息就能传到沈余父母的耳朵里。到时候，沈余可就跳进黄河都洗不清了。虽然那个笨蛋确实心思不良，但是依照她父母的脾气，最终倒霉的人只会是她自己。

可惜眼前的队友太蠢笨，完全没听出他的提示。

只见沈余在听完他的问题后，当场翻了个不雅的白眼：“到底谁蠢？”

言峥看了她三秒钟："算了，天生弱智难自弃。"

他说完，撑着伞重新投入大雨里。

沈余没听出来他的一语双关，心里还美滋滋地想眼前这个讨厌鬼终于说了回人话了，随后就听见对方不耐烦道："还不跟上？"

她单手捂着脖子，茫然地看着他："去哪啊？"

"医院。"

"……哦！"为了不成为歪脖子星人，沈余选择暂时不计前嫌，"看在你知错能改的分上，我勉强原谅你了。"

言峥忍了忍，决定不跟智商已经完全被人掏空的小傻子计较，免得气坏自己。

虽然经过医生的专业检查，沈余的脖子没什么大碍，但是当天回到家，脖子贴着膏药贴的她还是被父母训斥了一顿。

不被父母喜欢的小孩，做什么都是错的。他们不会关心她疼不疼，只会嫌她晦气。

翌日，沈余去上最后一节补习课。

江江看到她脖子上的膏药贴，惊得差点一口吞下手里的整颗茶叶蛋，"沈余同学，你以后可千万别再轻易跟别的帅哥走啦，这代价也太惨痛了！照我说，除了我的偶像以外，长得越好看的人越会骗人，你可千万长点心啊！"

"……这就是你偶像害的！"

“啊，真的吗？言大学霸跟昨天那个帅哥争风吃醋，最后殃及你这条池鱼？”

“江江，你这文学造诣真令人跪服……”

“那是，我以后可是要学文科的人！”江江一边吃包子，一边继续道，“你快说说昨天到底发生了什么事？我已经脑补出一部狗血电视剧了哈哈哈！”

两人的谈话，以沈余拿起包子堵住江江的嘴而告终。

最后这节课上，言峥给全班同学发还了昨日测验的试卷，有人欢喜有人愁。沈余原本不担心自己的分数，但是看到言峥念自己名字时黑沉的脸，心中便忍不住打鼓。不过等她接过自己的卷子，顿时长舒一口气。一百分的试卷，她考了八十分，不枉她这熬夜复习整出来的一双黑眼圈啊！

她眉开眼笑地对着分数亲了一口，再抬眼去看言峥的时候，觉得他比昨天顺眼多了。

言峥之所以黑着脸，完全是因为他觉得沈余如果审题认真点，完全可以上九十分。不过批评的话到了嘴边，却在她甜美的眉眼中败下阵来。

算了，就让小傻子开心一下好了。

化学培训班的最后一节课，在言峥条理清晰的讲题声中结束。

教室门口，江江不舍地拉着沈余的手不放，就差一把鼻涕一把泪了。

“小鱼儿，我明天就要和爸妈去乡下的奶奶家过年了。一日不见如隔三秋，你可千万千万不要过个年就把这么可爱又迷人的我给忘记了啊！”

沈余笑眯眯地拍了拍江江的肩膀：“你放心，我一定会忘记你的。”

江江受伤地捂住心口：“果然近朱者赤，近墨者黑！你们这对青梅竹马连说话方式都一样……”

“你怎么骂人呢？我跟他哪里像了？”沈余话音刚落，一抬眼，就看见不知何时站在自己身旁的言峥。

她条件反射，当场连退三步。尽管气势已经输了，她想了想，还是觉得输阵不能输人，遂恶人先告状：“你这人怎么偷听别人讲话？太没礼貌了！”

言峥懒得跟她计较，直奔主题：“中午来我家吃饭。”

沈余露出防备之色：“有什么恩怨当场了断，我敬你是条汉子，别想着背地里搞小动作。”

言峥宛如在看一个智障：“我妈请你中午来家里吃饭。”

“呃……”沈余讪讪地摸了摸鼻子，“那啥，对不起啊，误解你了……”

言峥还没表态，在旁围观的江江同学已经双手捧脸做羡慕状：“哇，青梅竹马就是感情好，床头打架床尾和。”

两位当事人听到她的描述，不约而同抽了抽嘴角。

江江看到他们一致的表情，挤眉弄眼地用肩膀把好友往自家偶像身边顶了顶："不是一家人不进一家门，你们俩还不快回家吃饭。我就不送你们了，咱们下学期开学见！"

江江说完，背着书包，识趣地跑开。

沈余瞅了瞅转身回教室的言峥，决定跟上江江的步伐。言妈妈的邀请，她肯定是要去的，但她可不打算跟眼前这个家伙一起。

不过，她一只脚刚迈出去，猛地顿悟过来一件事——

这家伙今天面对自己的时候一直黑着脸，不会是因为言妈妈叫自己去吃午饭的缘故吧？

思及此，她脚步一拐，堵住言峥的去路："你东西收拾好了吗？一起走啊！"

言峥打量了眼笑容异常甜美的沈余："吃错药了？"

沈余摇摇头："没，今天没吃药。"

言峥不理她，径自朝教室讲台走去。沈余见状，连忙跟了过去。待言峥收拾好东西，她立即殷勤地抢过来抱在怀里，"我来，我来。"

言峥嫌弃地看了看她，径自朝停车棚的方向走去。到了停车棚，他将自行车推出来后，朝屁颠屁颠跟在自己身后的沈余同学伸出了手。

沈余笑呵呵地拍开他的手："哎呀，骑个自行车搞得跟跳舞一样。咱俩都这么熟了，客气什么，你骑上去后，我再跳。"

言峥嘴角抽了抽："我是让你把东西还我，然后你可以走了。"

"咱俩什么交情啊，你也太见外了！"沈余假装没听懂他的话，把怀中的物品抱紧，迅速坐上自行车后座，"我准备好了，咱们快回家吧，不然言妈妈该等着急啦！”

言峥盯着一反常态的狗腿沈余看了好几眼，最终决定不搭理她，任她在后座自生自灭。而成功给言峥添堵的沈余则笑得像个偷腥成功的猫。

回家的路上，阳光和煦。心情大好的沈余突然想起一件事：“言妈妈今天为什么叫我过去吃饭呀？莫非是言妈妈知道我考了八十分，所以特意做好吃的奖励我？嘻嘻，这世上对我最好的果然还是言妈妈！”

言峥还没来得及回答，下一秒又听到少女得意洋洋的声音从后头传来——

“啧，果然我沈余要是厉害起来，连自己都害怕啊哈哈哈。你可长点心吧，竞争对手在这，小心第一名的位置不保啊！”

“你要是考到九十五分以上，我敬你是个对手。”

“切，没听过一句话吗？长江后浪推前浪，前浪死在沙滩上。”

“我只听过一句话，长江后浪追前浪，后浪累死沙滩上。”

“切，学习好了不起啊！”

“嘿，学习好还能利用寒假赚点零花钱。”

“喂，你这人怎么这么讨厌啊……”

“过奖。”

“哼！”

沈余郁闷地将脑袋瓜别向一头，明明是想给对方添堵的，结果堵心的那个人却是自己。而前座的少年则在冬日的冷风里，微微扬起了唇角。

两人抵家时，言氏夫妇正在厨房里煲汤。沈余准备先回一趟自己家，却被告知自己的父母结伴出门访友了。她愣了愣，有些意外自己的父母居然还有和谐共处的时候。

夏明月让两人去客厅看一会儿电视或者去言峥的房间里玩新买的电脑，等午饭准备好了再喊他们。

这年头电脑还是稀奇玩意儿，沈余接触电脑最多的是在学校的计算机房，所以，当她听到“电脑”二字，眼睛立马亮了起来。

不过尽管很想玩电脑，她在进房间前还是主动征得了言峥本人的同意。

电脑是台式的，刚买没几天，新得发光。言峥将电脑开机后，输入开机密码后，主动把位子和空间让了出来，只身去了客厅。

沈余坐在电脑桌前，生怕自己一不小心弄脏或弄坏别人的东西，所以动作格外小心翼翼。电脑桌面上只有简单的几个程序，她本来是想玩电脑上自带的单机扫雷游戏，结果无意间看到了醒目的企鹅图标，随即想起早上江江询问她 QQ 号的事情。

作为没有 QQ 号的高中生，沈余当时被江江同学毫不留情地批评了一顿。所以，此番她看到企鹅图标就决定去注册一个。等她好不容易搞定一切必填选项点下确定按钮，外头忽地响起了一阵敲门声。她吓得手一抖，连申请的 QQ 号码是多少都没有看清楚就把界面关闭了。

言峥看到她惊慌的样子，有些莫名，却没有多问，只道："吃饭了。"

"好。"沈余连忙站起来，结果不小心踢到电源插座，导致电脑直接关机。犹不自知的她看到突然黑下来的屏幕再次被吓了一大跳，试了试键盘和鼠标都没反应后，只好忐忑地追上言峥，低声求助说："那个……我好像没点关机键，电脑怎么就黑屏了……"

言峥面色如常："先吃饭。"

饭桌上备了满满一桌子菜肴，绝大多数都是沈余喜欢的。

然而，大概是因为弄坏了别人家的东西，特别这东西还很贵，所以沈余在言家吃的这顿大餐异常难熬。她满脑子都在担心着，自己省吃俭用攒了很久的那点零花钱到底够不够抵电脑的维修费。实在不行，她就只能找某人先赊个账了……

等到一顿饭结束，沈余觉得自己都憔悴了。再看看言峥那副从容淡定的样子，她急得嘴唇都要起泡了！最后，心急如焚的她二话不说拽着某人直奔房间。

夏明月看到两人的互动，默默在心里感慨了一把，闹别扭的两个孩子终于和好了。

房间里，沈余将言峥拉到电脑前，立即紧张兮兮地追问："电脑到底怎么了？能修好吗？修一次电脑要多少钱啊？"

言峥没说话，回想了一下课堂上所学的知识，第一时间检查了电脑显示屏以及主机的电源线，果然找到了问题。他弯腰将电源线插好，然后打开主机，原本漆黑的电脑显示屏瞬间亮了起来。

沈余并没有看清他插电源的动作，所以在看到亮起来的屏幕后，高悬的心瞬间落回原处，然后发自肺腑地夸道："哇，没想到你还挺厉害的嘛，居然连电脑都会修！谢天谢地，我的零花钱终于保住了！"

言峥从位子上起身，用看白痴的眼神看了她一眼，说了五个字："电源线松了。"

"……"搞了半天原来是虚惊一场？沈余当场被自己蠢哭。

"开机密码是我生日。"言峥看她一副欲哭无泪的样子，难得没再继续打击她，还好心询问，"你看电视还是上网？会玩吗？要不要教你？"

沈余知道自己没弄坏对方的电脑后，腰杆子又硬了。她撇了撇嘴，哼声道："你可别瞧不起人，我厉害起来吓死你！"

言峥挑了挑眉，似笑非笑地看了她一眼，走了。

几分钟之后，沈余耷拉着脑袋瓜、拖着沉重的步伐来到了言峥面前。言峥正在喂养自己的小乌龟，头都没抬一下。

被自己啪啪打脸的沈余憋了半天，在说服自己大丈夫能屈能伸之后，决定和某人套个近乎。她咧了咧嘴，露出一个讨好的笑容："话说，言峥啊，你知道咱们俩什么关系吗？"

言峥听到她的话，终于瞥了她一眼："我们什么时候有关系了？"

沈余干笑道："哎呀，瞧你这话说的。你想想看啊，你这辈子相处时间最长的人，除了你爸爸妈妈之外，还有谁？"

言峥还没回答，沈余已经非常骄傲地自问自答："当然是我啊！所以，我有困难，你一定不会见死不救的。你会盗号吗？"

言峥嘴角一抽："盗号干吗？"

"哦，我刚刚注册了个 QQ 号，但是注册成功后，还没来得及把号码抄写下来，就不小心把网页关掉了。所以想请你帮我盗回来，我还记得 QQ 密码。"

"……"言峥当场被她的脑回路惊呆。

"如果你也不懂的话，那就当我刚才的话没说过。我自己再研究研究，我就不信凭我化学八十分的脑袋瓜还搞不定电脑这个小妖精！"

"……沈余。"言峥的表情有些沉重。

"嗯？"

"为什么要为难连扫雷都玩不利索的自己？"

"……"被鄙视的沈余郁闷得转身就走。

沈余刚坐回电脑前，头顶上方突然被一片阴影笼罩。

她一抬头，言峥那张过分好看的侧脸蓦地映入眼帘。彼此间的距离太过亲密，她莫名有些心跳加速，迅速转头之际，嘴唇却意外地从他的脸颊擦过。那个瞬间，仿佛有一道电流从她的四肢百骸穿过，她吓得连忙从位子上弹起来，结果一脑袋撞上了言峥的下巴。

言峥吃痛地捂住下巴，缓了一会儿才开口："沈余……我本来以为你的脸是铜墙，没想到你连头都是铁打的……"

沈余心虚道："要、要不是你凑那么近，我能撞到你吗……"

言峥冷笑："你的QQ号看来是不想要了。"

沈余连忙装怂："对、对不起啊……"

言峥一手捂着下巴，一手握住鼠标，皱眉看向电脑屏幕没再吭声。他点开网页历史记录，找出沈余要找的那个网页后，扫了一眼上面的QQ号码，将号码输到QQ登录框里，随后将键盘往旁边一推："输密码。"

沈余遮遮掩掩，扭捏了好一会儿。旁侧忽地冒出某人阴恻恻的声音："怎么？怕我盗你号？"

沈余干笑，慢吞吞地把密码输全。

QQ登录后，言峥帮沈余把江江添为好友后，又主动将自己加入好友列表。沈余刚想拒绝，言峥一个眼神扫了过来："怎么，有意见？"

理亏的沈余连忙摇头，心里却打定主意找机会要把某人从自己的好友列表里删掉。可万万没想到的是，言峥在搞定这一切之后，竟然直接点了关机！

■ 第八章

早恋风波

[1]

大年三十晚上，家家户户都在燃放爆竹，到处洋溢着节日的喜庆。

沈家的饭桌上，和谐共处好几天的沈氏夫妇聊着聊着，话题忽然就拐到了工作的问题上。沈平打算辞职，学别人下海经商，让徐丽把家里的存款都拿出来。徐丽不愿意，说话难听了点。沈平觉得触霉头，又喝了点白酒，脾气当场就上来了。而徐丽对沈平近来的不满与日俱增，当场回怼。你来我往，没过一会儿，不堪入耳的对骂声就在偌大的房子里传开。最后，不知道是谁动手拽起了桌布，只听“刺啦”一声响，紧接着酒瓶、碗筷与地面碰撞而碎裂的刺耳声在空气中此起彼伏地蔓延开来。

有锋利的碎片飞溅到来不及闪躲的沈余手背以及额头上，立马就将她雪白的手背额头划出了血痕。夫妇俩正互相不甘示弱地厮打在一起，谁也无暇关心她痛不痛，会不会破相。她低头盯着手背上的血，没有去劝架。她实在想不通，既然在一起过日子是煎熬，为何不直接离婚呢？何必互相折磨？

虽然职工楼里住的都是熟人，但是沈家这一对天天吵架，大家都见怪不怪，再加上过年的缘故，外头的鞭炮声接连不断，盖过了沈家的动静，所以并没有邻居来劝架。因为对门的言家离得近，所以在听到哐当巨响后，立即就来敲门了。

言氏夫妇在门外敲了好一会儿，沈家的门才从里面打开，露出少女木然的脸。夏明月看到沈余额头的血迹，连忙将人拉到一旁，然后喊来自家儿子，让他把人带到自己家去，她则和丈夫一起去劝架。

昏黄略显狭窄的走道上，少女呆呆地站着，雪白的额头上正在渗血，而她身后是不堪入耳的争吵与砸东西的声音。

站在门口的言峥听到父母的话，连忙上前将她带进了自己家里，关上了家门，借此阻绝那些刺耳的伤透人心的话语。可是，没有用。因为那些关于如果没有女儿的存在彼此会如何如何的争论，还是清晰地从门外传了进来。

他有些慌乱地伸手捂住她冰凉的耳朵，直到那吵架的内容换了一波，才终于松开手。将她安置在座位上后，他找出家里的医药箱，开始替她处理伤口。

整个过程，她低垂着眉目，一语未发。

他替她处理好伤口后，“啪”一声盖上医药箱：“怎么，这点小事就把你打倒了？”

本来还沉浸在悲伤情绪中的少女，听到对方话中的嘲讽，瞬间炸毛：“关你屁事！”

他皮笑肉不笑：“沈余，你知道我老家住哪吗？”

沈余一时没反应过来，脱口道：“哪？”

“海边。”他拎起医药箱，转身离开。

“？”她瞪着他的背影，满头雾水。过了会儿，她才后知后觉反应过来，某人居然变相在说他自己管得宽？太稀奇了！

尽管在心里吐槽对方，但沈余的负面情绪还是因为这个插曲被冲淡了许多。只是，沈家那原本渐渐停歇的吵闹，不知怎的忽然又有了抬头之势。

客厅里，特意给沈余留独处空间的言峥听到那些争吵声皱了皱眉，重新起身去了房间，结果却发现少女正双手托腮坐在窗边的书桌旁，目光直直地盯着桌上那个双手叉腰故作凶神恶煞却又可爱无比的小女孩不倒翁玩偶，似乎并没有受到外界的干扰。

他刚要开口，桌旁之人似有所察，扭过头来——

“喂，说实话，你是不是偷偷谈恋爱了？”沈余眉目微扬，嘴角上翘，一副“我发现了你的秘密”的得意表情。

他呆愣了几秒，回过神后，神色闪过一丝不自然：“无聊。”

“放心吧，我会替你保密的！不过……”她笑眯眯地凑到他身边，“你得告诉我对方是谁？是我们学校的吗？与我们同年级的还是高年级的？怎么认识的呀？这个莫非是传说中的定情信物？”

她八卦兮兮的样子，言峥怎么看怎么碍眼。

“你说了这么多，不就想要玩偶吗？”他直接伸手将她凑过来的脑袋瓜推开，三步并作两步走到桌边，抓起那个玩偶直接丢给她。

沈余接住玩偶，本来想拒绝，但瞅了瞅手中可爱的玩偶又瞅了瞅某人嫌弃的表情，临时又改了主意：“既然你那么有诚意，那我就勉为其难收下吧。”

此时此刻，窗外恰好有烟花绽放，映亮了夜空以及少女透着狡黠的笑脸，原本一脸嫌弃的少年终于也忍不住微微扬起了嘴角。

沈家的闹剧最终以沈平和徐丽的相继离开而告终。言氏夫妇把沈家的满地狼藉都收拾好之后，才回到自己家中，并且留了沈余一起吃年夜饭。

四个人的年夜饭，言氏夫妇一直在往沈余的碗里夹肉，贴心地半句不提沈家发生的事情。沈余望着眼前好吃的堆成山的碗，鼻头一酸，眼泪差点掉了下来。为了掩饰自己的情绪，她连忙低下头去。一旁的言峥见状，不动声色地夹了一只大鸡腿放到她碗里。

沈余低垂着脑袋瓜刚要道谢，忽地听到旁侧传来某人慢悠悠的声音：“以形补形。”

“……你的意思是在说我腿短吗？”沈余瞬间抬起微红的眼睛看向言峥。这家伙居然说她腿短？她身高在班上女生堆中数得上数的好吗？

言峥没说话，瞟了裹成球的沈余一眼，目光还特意在沈余的腿上停留了几秒。

沈余当场感觉自己的尊严受到了挑衅，回瞪过去：“看什么看？腿长了不起啊！你以前可比我矮多了！”

言峥居然很认真地思考了一下，然后点了点头：“嗯，的确了不起，一步三台阶。”

“……”被歧视的沈余悲愤地夹起碗里的鸡腿，恶狠狠地咬了一口，以泄心头之愤。

然而她不知道的是，言峥逗她的目的，其实是为了转移她的注意力。

同桌的言氏夫妇看到两人斗嘴的样子摇头失笑，叮嘱自家儿子不许欺负沈余的同时，还交代两人在学校要互帮互助。

年夜饭结束后，言氏夫妇开始坐在客厅看一年一度的春节联欢晚会。沈余在旁边坐了一会儿，就坐不住了。她以前很喜欢看春晚，因为期盼着一家三口和乐融融的样子，但越长大期待就越少。所以当她看见言峥起身回房间，立即将私人恩怨抛诸脑后，觍着脸跟了上去。

言峥扭头扫了她一眼，了然道：“想玩电脑？”

沈余呵呵干笑两声，实诚地回答了一个字：“想。”

“求我。”言峥边说边往房间走去。

“……”沈余一口气差点没上来，追上去，“你说什么？”

言峥微微一笑：“求我，我就考虑一下。”

沈余看着某人那张欠扁的脸，深呼吸了好几口气，紧接着扯开嗓子大喊：“言爸爸言妈妈，言峥不让我玩电脑——”

沈余话音刚落，身后立即传来言氏夫妇的声援：“小峥，你别老欺负小余，不然把你今年的压岁钱都给小余……”

言峥主动让出道路。

“谢啦！”沈余小人得志地看着他，嘴角眉梢都挂着得意。

沈余走到电脑桌前，屁股刚要落座，身后突然飘过来一句气死人不偿命的话：“不客气，按网吧标准收费。”

沈余气得差点当场弹跳三尺，转身就要去理论，结果罪魁祸首却率先一步关上房门离开。

门外传来言家一家三口的说话声，平淡又温馨。她开门的动作顿住，站了好一会儿，才慢吞吞地走回电脑桌前。窗外万家灯火，却没有一盏为她而亮。

不久之后，沈余起身去找言氏夫妇告辞。言氏夫妇百般挽留无果，只好无奈地让她先回家。沈余一进家门看到干净整洁的房间，瞬间湿了眼眶。她不敢哭出声来，怕对门关心她的人们担心，于是只好死死咬住自己下唇。

明明上一秒觉得自己孤独可怜得要命，可是只要旁人一点点的善意和关心，浑身就充满了面对未知明天的勇气和力量。

午夜十二点的钟声即将响起，夏明月正要叫自家儿子去对门，儿子已经自发走了出去。

言峥站在沈家门口敲了好一会儿的门，在他误以为沈余是不是发生什么事情的时候，大门被打开，露出少女刚刚哭过的脸庞。

新年的钟声就在这一秒被敲响，周遭庆贺的鞭炮声响彻云霄。旧年岁所有关于好的坏的一切，在这一刻似乎都远去。连一向不爱笑的少年也在这一刻，露出了和煦的笑容："沈余，新年快乐！"

新年的喜悦仿佛会传染，沈余看到他脸上的笑容也忍不住随之笑了起来："言峥，新年快乐！"

言峥忽地伸出手，掌心向上，分明一副讨要压岁钱的架势。

她有些琢磨不透他的意思，于是只好傻傻地瞪大眼睛看着他。最后反倒是他被她看得有些不好意思，故作镇定地收回手。

"哦，忘了你比我小。"他顿了顿，从口袋里掏出一个红包，塞给她，"压岁钱。过来吃东西。"

她捏着手里的红包，一脸呆滞地站在原地，看着他转身离开。很快，笑容重新在她的嘴角溢开，她快步追上他，别别扭扭地补了四个字："恭喜发财。"

踏入十七岁的第一天，沈余收到了三个压岁红包以及满满的爱意。这世上最美妙的瞬间是什么？是一颗孤独的心，被爱填满。

[2]

大年初一这天傍晚，原本该在国外过春节的裴禹意外出现在了江城。

裴禹站在江南里小区某栋楼前，看着不远处正在调情的一对中年男女，目光阴翳，牙关紧咬，像是在看仇人。

不知在冷风中站了多久，手脚冰冷的他终于掏出手机，往沈余家里打了个电话。

电话很快就被人接通，响起少女轻快的声音："喂？"

他动了动略显僵硬的脸颊，强迫自己露出笑容，然后才开口说："小余，新春快乐！"

裴禹的声音听起来与往日的不同，有些低沉喑哑，仿佛在隐忍着什么，很是奇怪。不过沈余没留意来电显示，以为跨国通话信号不佳的缘故，所以没有多在意。她手握电话，笑得很开心："谢谢师兄，也祝你新春快乐！"

想到即将到来的高考，她又补充了一句："心想事成！"

裴禹听到她的话，轻笑了声，说："我不会让你失望的。替我向叔叔阿姨问好，祝他们新春快乐！"

隔着电话线，沈余没有看到一向以温和示人的裴禹，此刻满脸戾气。她的好心情反倒因为他的话变得有些低落。因为她的父母自打昨晚离开后，就一直没再出现，也没有打电话回来。他们似乎都忘记了她的存在。

两人简单聊了一会儿，结束了通话。裴禹拿起手机重新输入一串数字，可是电话铃声响了很久，却无人接通。他犹不死心，继续重拨。可那个在他心中曾经如大山般伟岸的父亲，却一次又一次让他失望。

他死死盯着那对中年男女看了会儿，最终将手机紧紧捏握在手里，迈着沉重的步伐朝家的方向走去。

沈余是在大年初三的晚上才看到自己父母的。

徐丽和沈平一前一后踏进了家门，谁也没提之前两天去了哪里，谁也不关心女儿这几天有没有饿肚子，两人就这么诡异又若无其事地继续维持着表面上的和平。

转眼，农历新年结束，学生们开始回到学校课堂。

学校正式上课的那天早上，沈余拎着书包站在校门口四处寻找自己的胸卡，突然听到身后有人叫自己。她刚抬起头，就看到一个圆润的身影朝自己扑了过来，躲避不及的她当场被抱了个满怀。

沈余看清来人是江江后，吓了一跳："我天，江江你过年期间发生了什么事？"

圆润了一圈的江江倒是不在意这些细节："过年期间吃得太好，胖了十斤。不过长肉证明物有所值，没白吃！"

沈余递给她一个服气的眼神，然后低头继续翻包找胸卡。

江江留意到旁侧的言峥，用胳膊碰了碰沈余，小声道："小鱼儿，我偶像该不会是特意在等你吧？"

"对啊，我跟他说如果我找不到胸卡，他的就先借我，等会儿我再出来给他送一个。"

"感觉过了个年，你们俩的感情突飞猛进啊！话说你们两个真的没有在谈恋爱吗？"

"江江啊，脑补是病，得治！"

沈余终于从包中翻出自己的胸卡，朝言峥晃了晃，然后别在了自己的胸前。言峥领会她的意思，迈开大长腿径自往校园内走去。

江江看着言峥的背影，犯了会儿花痴，然后想起被自己忽视的友人，连忙挽起她的手臂，边走边感慨："小鱼儿，将来你如果跟我偶像结婚了，一定要请我喝喜酒啊，不然友尽！"

沈余已经深刻体会江江同学不听人解释又爱过分脑补的尿性，所以全程开启左耳进右耳出的模式。

新学期开学第一天，好多天没见的学生们兴奋地围在一起，口沫横飞地谈论着过年期间的见闻。罗菲儿桌边也围了一群女生，叽叽喳喳，时不时笑声阵阵。罗菲儿眉飞色舞地说起自己在国外过年的所见所闻，还拿出自己新得的一部最新款智能手机炫耀，惹来一阵艳羡。

有男生见状，跟身旁的男生吐槽："真不知道她们女生之间怎么会有这么多话聊，连上厕所都要拉帮结派，真是受不了。"

"我也理解不了女生这种生物。"另一个人附和着，环视一圈教室，目光落在正和言峥说话的沈余身上，"我觉得咱们班女生堆里还是沈余顺眼点。"

蔚帅拿着篮球走进教室，听到他们的话，扬了扬眉："谁说的？我觉得虞珊也挺好的啊！"

"虞……珊？我们有这么一号人吗？"

"就是虞美人啦！"有男生跟同伴示意了下独自埋头坐在角落的女孩，"你们有人看清楚她长什么样吗？我……"

原本已经走回座位的蔚帅单手旋转着篮球重新来到他们身边，

打断他们的谈话："你们这些人，怎么也跟女生一样爱八卦？注意一下影响啊，不要乱给同学取外号。"

角落里低垂着脑袋瓜的沉默少女，在听到蔚帅的话后，飞快地抬起头望过去。恰好蔚帅也在这时候望了过来，四目相对，一个露出善意的微笑，一个则慌乱地收回自己的目光。没有人知道，自此之后孤僻寡言又自卑的少女开始了一场漫长的暗恋之旅。不过这又是另一个故事了，此话暂且不表。

此时此刻，早读课的铃声响起，原本嘈乱的教室很快恢复了应有的秩序，朗朗的读书声在偌大的校园蔓延开来。

当早上第二节课间操升国旗结束，各大班级散场，裴禹突然穿过人群找了过来。他见到沈余的第一句话是："开学第一天，气色不错啊！"

沈余一本正经地回应他的打趣："那是，我可是祖国的花朵，共产主义的接班人！"

裴禹笑哈哈地伸手揉了揉她的头："我春节期间新得了几本关于素描和水彩的书籍，请问祖国的花朵有没有需要？"

"好啊！"沈余一口应下。当时的她并不知道，众目睽睽之下的闲聊，因为裴禹的那个亲昵的动作，很快就有了不好的传言，事情一度闹得很大。

裴禹将装着书籍的袋子交给沈余，因即将上课，所以沈余没细看，拿着袋子就回了教室。

等她发现里面还有一个装着最新款智能手机的盒子以及一张字条时，已经是第三节课后了。她打开盒子偷偷瞄了一眼，当即拎起袋子冲了出去，直奔裴禹的班级，结果却被告知裴禹家中有事临时请假了。她纠结着要不要把手机转交裴禹的同班同学，但是下一秒就被她否定了。毕竟这么贵重的东西，到时候万一没有传到位搞丢，她可能得干好几年苦力才能赔得起。

哎，有钱人的世界啊真是太难懂了，一言不合就送礼物不说，每次送的礼物还都让她这么胆战心惊……

大概是沈余回来的时候，脸上的沮丧太明显。

所以，言峥难得地主动询问："发生什么事？"

沈余欲言又止，最后还是摇摇头说："没什么……"

言峥见此，没再多问。早上最后一节课，沈余如坐针毡，时不时就要伸手往抽屉那个袋子里摸一摸，生怕一个不注意手机就不翼而飞了。下课铃声一响，沈余立马就将书包背在了身后。

饶是淡定如言峥，看到她紧张兮兮的样子，也忍不住了。

"你背书包干吗？"早上两人出门的时候，他妈妈分别给两人准备了便当。

"呃，我一着急给忘记了……"她心虚地摸了摸鼻子，重新将书包放回了抽屉。

"说吧，干什么亏心事了？"

“……”沈余踌躇了许久，还是低声将裴禹送她手机的事情说了出来。

言峥听完，下意识皱眉，心中对于裴禹这个人的印象愈发糟糕。那件事情对于裴禹而言是莫大的伤害，对于沈余而言难道就不是吗？沈余又何其无辜？

只是为了不让彼此好不容易缓和的关系又闹僵，言峥只好单纯地提建议：“现在去裴家还东西，或者下午他来学校了还回去。”

沈余总感觉特意上门去还礼物，有点不太好，所以选择了第二种方法。可万万没想到的是，裴禹下午竟然没来学校！

沈余都快哭了。上个厕所都要对言峥千叮咛万嘱咐，让他务必帮自己看好书包，神经兮兮的样子搞得言峥都不太想搭理她。

下午最后一节正好是体育课，沈余纠结了许久要不要请个例假，最后在言峥鄙视的眼神下，拖拖拉拉去了操场集合。

热身运动结束，体育老师让学生们进行体能测验。

男生一千米，女生八百米。几圈下来，操场哀鸿遍野。幸好体育老师还算仁慈，讲了一些注意事项后就把剩下的时间留给学生们自由活动。跑完八百米依旧气定神闲的沈余，听到老师喊出“解散”的口令，立刻像箭一般飞了出去。

一旁累得气喘吁吁的女生们看到她健步如飞的样子，又是羡慕又是嫉妒：“这家伙到底是不是女生啊，居然一点事都没有……”

“说起来，言峥和蔚帅几个人跑完一千米也一点事情都没有哦，真厉害。”

“对啦，你们有没有发现言峥和沈余的关系好像好了很多？话说言峥该不会喜欢沈余吧？”女生说完自己的猜测，小心翼翼地看向罗菲儿。

“怎么可能！”罗菲儿第一时间否定。她不太高兴地板起脸，瞪了对方一眼，“别胡说八道，言峥怎么可能喜欢沈余那种人！”从小被骄养宠坏的小公主，打心底拒绝相信，自己喜欢上的男生会选择另一个不如自己的家伙。

赵心怡一向唯罗菲儿是从，连忙出声附和：“就是！言峥要喜欢的话，应该也是我们菲儿啊！其实我有注意到，好几次都是沈余主动跟言峥说话的。”

“那个菲儿，我说一件事，你别生气啊……就是早上升国旗结束，我在操场上看到沈余和裴禹学长站在一起，有说有笑的，裴禹学长还伸手揉了揉她的头来着……”

罗菲儿并没有看见这一幕，此刻听完女伴的话，顿时气得鼓起了腮帮：“那女的怎么那么喜欢勾引人！”

“对啊，勾搭一个又一个，太水性杨花了！要不我们找机会再给她点教训看看？”赵心怡提议。

罗菲儿有些犹豫不决。过年的时候裴禹哥哥跟她聊天时曾叮嘱她，尽量不要理会沈余，因为她们是属于两个世界的人。除了短暂的高中生活，他们两个的人生不会有任何交集，所以没必要为了那种人气坏自己的身体。

在罗菲儿犹豫期间，身旁有不想惹事的女生连忙劝道："算了算了，菲儿你别生气了。趁着今天天气挺好的，还有时间，我们大家来拍照吧？菲儿你新买的手机像素那么高，能不能拿出来拍拍照？"

"好啊！"提起今天带来学校的新手机，罗菲儿的脸上重新露出笑容。

这部手机可是裴禹哥哥特意送给她的新年礼物，就算早上裴禹哥哥和沈余说话又怎么样？裴禹哥哥难道还会送同样的礼物给沈余不成？

由于刚才跑步测验的缘故，罗菲儿和其他几名女生觉得热，就把身上的外套脱了下来，堆放在一起。此刻，她起身拿起自己的外衣，将口袋掏了一个遍，结果却没找到自己的手机。她又四处翻找了一遍，连地面都不放过，却仍是没有见到手机的踪影。

她当场有点蒙："咦，我手机跑哪里去了？"

身后围上来的女伴们听到她的话，纷纷愣住。很快，有人反应过来，询问："是不是放在教室没有带下来？"

"对对对，菲儿你之前不是说体育课手机放口袋容易掉，所以不打算带下来吗？"

"好像是……"她此刻也有些糊涂了。她觉得自己好像是把手机带下来了，但是经过女伴们这么一说，又不确定了。"那我回教室拿手机，你们等我一下。"

"我陪你一起。"赵心怡连忙站出来。

除了赵心怡之外，还有三名女生也表示要陪罗菲儿一起去教室。

罗菲儿点点头，立即心急地快步朝教室跑去。她对这部手机宝贝得很，之前一直都把手机藏在房间的抽屉里，舍不得用。裴禹得知笑了很久，说手机如果不拿来使用，那就失去了它本身的价值还不如扔掉。因此，她今天出门前特意把手机带在了身上，连同手机盒。至于为什么选今天，当然是炫耀的意味居多。

偌大的教室里，此刻只有两个女生。一个是原本就请病假呆在教室没下楼的虞珊，一个是刚跑回教室没多久的沈余。虞珊正趴在桌上，沈余则戴着言峥新买的耳机在听音乐。

罗菲儿无暇顾及这两个人，喘着气快步走到自己的座位，然后去书包里翻找手机。可令她大惊失色的是，书包里也没有！她不死心，将座位里里外外翻找了一遍，还是没有找到手机。身为同桌的赵心怡连忙也帮忙寻找了一番，还把自己的位子以及书包也翻了个底朝天，然而结果也是一样。

罗菲儿三步并作两步走到角落的虞珊面前："你一直呆在教室没有离开，有没有看到谁动了我的书包？"

虞珊因为来例假，此刻正单手捂着肚子趴在座位上睡觉，迷迷糊糊感觉有人在说话，但是没有理会。因为她不觉得有人会特意来找自己，上学期跟她主动说话的同学，五个手指头都数得过来。

罗菲儿不知内情，以为虞珊故意不理自己，公主脾气一下子就上来了。再加上丢了手机，心急如焚，她一挥手推倒了虞珊堆放在桌面的课本，“喂，我在问你话呢！你有没有看到谁去过我的位子？”

被推翻的书本一下子砸在虞珊的脑袋瓜上。她闷哼一声，抬起满是惊吓的脸，环顾了四周一遍，最后将目光落在怒气冲冲的罗菲儿身上：“你、你在说什么？”

赵心怡看她那样，立即不爽地翻了个白眼：“菲儿是在问你有没有动过她的书包！”

“我……我一直……趴在自己的座位上睡觉……”虞珊说着，习惯性低下头。

“菲儿的新手机放在书包里，大家都去上体育课了，教室里只有你一个人，所以你的嫌疑最大！”

“我没有……”虞珊红着眼睛，小声辩解。

“那你敢不敢让我们搜你的书包？”

“我没有……”虞珊委屈地再次辩解，手紧紧抓住自己的书包。

“你是不是心虚了？小偷！”赵心怡一口给虞珊定了罪。

罗菲儿经过赵心怡这么几句追问，也在心中认定是虞珊偷了自己的手机。她看着紧咬下唇脸色惨白的女孩，强忍住心中怒火，用施舍的语气说：“只要你现在把手机还给我，我可以假装这件事没发生过。或者你想要多少钱？我可以给你钱，只要你把我的手机还给我。”

赵心怡等人见虞珊还不回答，直接动手要去抢虞珊的书包，电光石火之间，教室另一侧突然“咻”地飞过来一本书，正巧掠过赵心怡的脑袋瓜，重重砸在旁边的墙壁上。

所有人都被这突如其来的一幕吓蒙。

沈余就是在这个时候登场的。

她大跨步走到虞珊身边，伸手一把将扯住虞珊衣服的赵心怡推开，然后揽住了虞珊微微颤抖的肩膀，满脸怒容地瞪着眼前这四个校园霸凌的主谋：“你们是智障吗？怎么听不懂人话？虞珊已经说不关她的事了，你们一个个还像个疯狗一样咬人！怎么？人多欺负人少啊？”

“沈余你这个人怎么骂人？没家教！”罗菲儿最先反应过来。其他几位也随之反应过来，纷纷附和：“就是，你怎么这么粗鲁，开口就骂人，一点家教都没有！”

沈余不甘示弱：“骂的就是你们这四个乌龟王八蛋！你们有什么权利搜人家的书包？初中政治都喂狗了吧？你们这是在侵犯她的人身自由权！虞珊你别害怕，我保护你！”

“你你你——”罗菲儿第一次被人指着鼻子骂王八蛋，气得脸色涨红。

“沈余你装什么正义使者啊？有句话叫身正不怕影子斜，如果不是她偷的手机，让检查一下书包又有什么关系？哦，我想起来了，刚才教室里除了虞珊之外就属你最早回到教室……”赵心怡记恨刚才沈余推了自己一把以及用书本砸自己那一下，所以一股脑把战火往沈余身上引。而怀疑的种子一旦种下，就会生根发芽。

“就是！沈余你跟虞珊关系什么时候这么好了？你们俩平常都没说过话，这个时候为她出头……”

“对哦，如果虞珊没拿菲儿的手机，那么最有嫌疑的那个人……”

“你们都看见她刚才匆忙跑回教室的样子了吧？说不定菲儿的手机现在就躺在某个人的书包里呢……”

罗菲儿听着她们的猜测，用狐疑的眼神上下打量了沈余好几番，最后打定主意抬脚迅速朝沈余的位子走去，目标直指沈余放在抽屉里的书包。其他人见状，也都跟了上去。

沈余反应过来，连忙松开虞珊，冲向自己的座位。罗菲儿的魔爪此时已经伸向了她的书包，再加上其他三人在旁阻挠，她只来得及拽住自己书包的另一个肩带。

几番拉扯之下，书包的拉链不知在何时被打开，两相用力的结果就是书包内的东西哗啦啦被扯落一地。除了掉落的书本之外，还掉出来一个塑料袋。塑料袋的一角，露出一个崭新的手机礼盒。而礼盒上印着的手机款式，与罗菲儿的竟然一模一样。

罗菲儿等人看沈余的目光一下子变得微妙起来。

沈余却顾不得其他，扑上去快速捡起手机盒，然后打开盒子检查里面的手机是否有破损。礼盒打开的那一瞬间，那部闪粉色外壳的某大牌最新款智能手机露出了真容。

罗菲儿出离愤怒，当下一巴掌狠狠搧了过去：“小偷！”

猝不及防的沈余被打得直接别过脸去，光滑白皙的侧脸立即红肿起来，隐约可见巴掌印。可罗菲儿的愤怒却没有这么快消散，她伸手去夺沈余手里的手机，谁料却被沈余躲开了！她简直不敢相信自己的眼睛：“沈余你也太不要脸了吧？偷了手机被发现，既不道歉也不把东西归还，居然还敢躲开？”

沈余一向就不是怕事的主，当下顾不上生疼的脸颊，反手就要把那一巴掌还给罗菲儿。孰料赵心怡突然扑过来抱住了她。另外两名女生也各抓住她的两只手，以至于她没办法动弹半分。而她手里的手机自然也被罗菲儿夺了过去。

沈余气得顾不上伤口，边挣扎边吼道：“罗菲儿，你丫有病啊，快把我的手机还给我！”

罗菲儿冷哼一声，看着沈余的眼里有浓浓的鄙夷，“我还以为手机是她偷的，没想到是你啊！”

“我可以证明沈余没有拿你的手机。”一直畏畏缩缩的虞珊不知何时鼓起勇气走了过来。

“没拿？那这手机怎么解释？没想到你平日里一声不吭，这睁眼说瞎话的本事倒不错。”罗菲儿脸上带着独有的骄傲和自满，目光不屑地在虞珊和沈余身上扫视了一遍，“我看你们俩互为佐证是因为狼狈为奸吧？”

沈余翻了个白眼：“罗菲儿，你不仅有妄想症，还病得不轻！你以为就你买得起手机啊？快把手机还我！自己手机丢了就抢别人的手机，你的脸皮简直比咱们学校的围墙还厚！”

“你你你……”罗菲儿气得脸都绿了，“这手机跟我的一模一样，咱们班上很多人都见过！你知道这手机多少钱吗？就凭你买得起吗？你这个不要脸的小偷，被抓了现行还敢狡辩！走，跟我见老师去！”

沈余也觉得跟罗菲儿这种人理论是在浪费口舌，立马扬声应下：“好啊，去就去，谁怕谁！你今天不跟我低头认错，我就报警！”

沈余话音刚落，就听见门口传来一道呵斥：“你们几个女生干吗呢？”

众人回头一看，来人是正在给隔壁班上课的生物老师。罗菲儿等人争相解释事情的来龙去脉，生物老师听了直皱眉，当下领着几人去了教师办公室，把事情交还给沈余他们班的班主任张燕来处理。

高一（1）班班主任张燕坐在办公桌旁，看着开学第一天就给自己惹事的学生们，表情很是严厉：“到底怎么回事？罗菲儿，你来说！”

罗菲儿也不客气，直接控诉道：“老师，沈余偷了我的新手机，被我们抓包居然还不承认，太不要脸了！”

沈余当场拍桌子：“罗菲儿你胡说八道！谁偷你手机了？明明是你故意污蔑虞珊，被我拆穿，然后恼羞成怒故意栽赃陷害！”

整个办公室的老师都望了过来，张燕皱眉瞪了沈余一眼：“干什么呢？好好说话！”

沈余讪讪地收回手。一旁的罗菲儿趁机把手机递给张燕：“老师，你别听她狡辩！证据在这里，这就是沈余从我那里偷的那部手机！”

沈余见状试图从罗菲儿手中抢回自己的手机，罗菲儿一时不察险些被沈余得逞，旁边的赵心怡立马伸手想推沈余，默不作声的虞珊趁着众人不注意偷偷伸出脚绊了赵心怡一下。谁料赵心怡一时没站稳，直直朝罗菲儿的方向栽了过去。而毫无防备的罗菲儿被赵心怡这么一撞，手机没拿稳重重摔在了地上。另外两名女同学想去扶，却没来得及，反倒不小心在手机上踩了好几脚。沈余看到手机屏幕裂开，急红了眼，二话不说扑了上去。整个场面乱成一团。

张燕看到眼前的场景，气得心脏病都要犯了。她用力拍桌子："你们都给我住手！还记得这里是什么地方吗？这里是老师办公室！胡闹也不看看场合，是不是都想在档案上来个记过处分？"

罗菲儿闻言露出得意之色。

不被信任的沈余却当场红了眼眶："我没有！"

张燕权当她在狡辩："既然不是你拿的，那为什么不解释清楚反而去抢手机？这不是心虚是什么？"

"我没有，这部手机是别人送我的礼物！"沈余挺着背脊站在原地，因为老师的差别对待而唇齿生冷。

"别人送的？谁会送你这么贵重的手机？你撒谎怎么不找好借口？"罗菲儿轻蔑一笑。

"沈余，那你说说看，手机是谁送的？"张燕听了罗菲儿的对话，心中认定沈余在撒谎，所以对沈余愈发不喜。

沈余看着眼前这些不信任的目光，忍不住脱口道："这人罗菲儿也认识，高三年级的裴禹。"

罗菲儿当场跳脚："你胡说，裴禹哥哥怎么可能送你这个？"

张燕没说话，打量沈余好一会儿，说："既然如此，那把裴禹叫过来。虞珊，你去高三部跑一趟。"

虞珊刚迈开腿，突然就听到沈余说："不用了，裴禹学长今天下午请假没来学校。"

沈余的话音刚落，众人的目光立即变得微妙起来。

罗菲儿怀疑地看着沈余："你怎么知道裴禹哥哥今天没来？心怡你去跑一趟看看裴禹哥哥是不是真的请假没来。"

赵心怡点点头，迅速跑出办公室。没一会儿，赵心怡气喘吁吁跑了回来，"裴禹学长确实请假了。沈余，你不会是故意把事情推脱到裴禹学长身上吧？"

张燕听了赵心怡的话，似有所悟，冷冷地看着沈余，命令道："沈余，把手机还给罗菲儿，和罗菲儿道歉！"

沈余不敢置信地瞪大眼睛："老师，您什么意思？"

张燕板着脸看着眼前谎话连篇的学生，"现在裴禹不在，还有人能证明这部手机是裴禹送给你的吗？"

尽管早就看明白老师的差别对待，但沈余还是觉得很受伤。她挺着背脊，直直地站在原地，一言不发地看着自己的班主任，不再为自己做任何辩解。

因为，当对方认定你做了某件事之后，你的任何辩解在对方看来都只是狡辩而已。

罗菲儿将这一幕看在眼里，脸上露出得胜者的喜悦。不过她刚要伸手去夺回沈余手上的手机，门口突然传来一个声音——

“张老师，我可以证明这部手机是沈余的！”

大家的视线齐齐望向门口，只见原本在操场的言峥不知何时出现在了门口。

言峥径自走到张燕面前，从口袋里掏出一部一模一样的手机放在桌上：“张老师，这部手机是刚才我和蔚帅在操场捡到的。屏保是罗菲儿同学的自拍照。”

张燕闻言，立即拿起桌面上的手机，轻轻一点，果然手机屏保显示的是罗菲儿的个人自拍照。她沉吟了几秒，将手机递给罗菲儿，行若无事道：“既然是误会一场，那大家就散了吧。以后遇到事情都别冲动，同学之间要友爱……”

“张老师，”言峥打断对方的话，“你们还欠沈余和虞珊一个道歉。”

沈余惊诧地看向言峥，完全没料到言峥会帮自己出头。言峥却没有看她，直直盯着眼前的班主任张燕，等待着张燕的回应。

张燕因为言峥的抢白，脸色有些尴尬：“那什么，菲儿啊，你们几个向沈余以及虞珊道个歉。”

罗菲儿看懂了老师的暗示，虽不甘愿，但还是和赵心怡她们一起道了歉。

沈余还没表态，赵心怡忽然语出惊人，“沈余，裴学长为什么会送你这么贵重的手机啊？是你主动索要的吗？你和裴禹学长不会是在谈恋爱吧？”

沈余看出赵心怡的恶意，恶狠狠剜了她一眼：“赵心怡，你再胡说信不信我撕烂你的嘴？”

赵心怡撇撇嘴没再说话，然而其余人等却因为她这番话，对沈余与裴禹之间的关系起了疑心。

一行人从教师办公室走出来没多久，放学的铃声就响了。罗菲儿等人气呼呼从沈余身旁走过，仿佛沈余她们才是做错事情的人。

沈余对着那几人的背影撇了撇嘴，转头对身旁低垂着脑袋瓜的虞珊说：“别搭理她们，该羞愧的是她们才对，一切邪恶在正义面前都是纸老虎！”

虞珊羞涩地笑了笑，“谢谢！”

“不客气，以后她们要是再敢欺负你，你就叫我，人多力量大嘛！”沈余咧嘴说完，脑袋瓜立即挨了一记。她下意识用手捂住头，瞪向罪魁祸首：“你打我干吗？”

言峥皱眉，不解道：“上帝把智慧撒满人间，你怎么偏偏打了个伞？”

沈余不服地挥了挥拳头：“还能不能愉快地当同桌了？”

“遇到事情能不能用用脑子？”言峥实在纳闷她脑子里装的究竟是什么东西。

“那你也看到了，报告老师也容易吃亏啊！张老师压根就不相信我的话……”

“我是摆设吗？”

“……”

沈余当场被身旁之人的厚脸皮程度所折服，抱拳做了个佩服的手势，结果惹来言峥的无声嫌弃。

一旁虞珊看着沈余与言峥之间的互动，目光里流露出几许羡慕：“你们俩关系真好。”

“你看到的都是错觉！”沈余脸色沉重地拍了拍她的肩，然后快步跟上言峥。

虞珊看着前方继续斗嘴的两人，微微笑了起来。这世上有一种别人羡慕不来的感情，叫做青梅竹马。

高一（1）班门口，江江正背着书包在翘首以盼。沈余一出现，她立即迎了上去：“你怎么才出现啊？你们班的人都差不多走光了。”

“抱歉啊江江，刚才体育课发生了一点事情，被老师叫去办公室，所以回来晚了。不过，今晚不能和你一起回家啦。我还有点事，所以你先回家吧，明天我再跟你细说。”

江江没多问，点头说：“好吧，那明天早上见！”

“明天见。”沈余和江江挥手道别，走进班级拿书包。书包刚挂在肩上，她双手一插兜，突然想起一件很重要的事情！

已经先沈余一步走到班级门口的言峥，只觉得背脊一凉，下一秒手臂突然被人从后头紧紧抱住：“唉，言峥，放学后有空吗？”

言峥想抽回手臂，谁知某人使出了吃奶的劲，挣脱不得，只好无奈道：“干吗？”

“约你啊！”沈余眨眨眼睛，无视周遭异样的目光。

“……”言峥听到这三个字差点被自己的口水呛到。

“带钱了吗？”沈余又问。

“……”言峥智商归线，额角微微一抽，“修手机？”

沈余打了个响指，满脸讨好地看着他：“不愧是这么多年的交情！”

言峥看见她狗腿的样子就觉得碍眼，直接将她的脑袋瓜转向另一边：“借钱可以，干活抵债。”

“成交！”

两人去了手机维修店，结果手机倒是没怎么坏，但是换一个原装的手机屏幕不仅需要好几百块钱，还需要等上一周多。原本打算修好手机当晚就去裴禹家送还的沈余，只好暂时搁置这个计划。

[3]

修好手机这天，沈余拎着东西去高三年段找裴禹却没见到人，询问了一圈，最终得知裴禹在教学楼天台。她急急忙忙冲上去，刚要喊人，却意外发现裴禹被一群吞云吐雾的男生围在中间，其中一个男生朝裴禹的方向扬起了手。她第一反应就是三好学生裴禹师兄遭遇了校园霸凌！

她一个箭步冲过去，撞开那个举手的男生，生气道：“你们干什么？光天化日之下聚众吸烟还欺负同学，小心我报告老师！”

因为沈余的突然闯入而集体蒙圈的男生们，在听完她的话后，纷纷大笑起来。

沈余捂着鼻子，瞪了他们一眼，转过头关心地询问裴禹：“师兄，你怎么样？有没有事？”

被沈余撞开的男生，一边吐烟圈，一边将胳膊搭在裴禹肩膀上，打趣道：“裴禹你在哪找的这么可爱的护草使者？介绍一下呗。”

裴禹笑着打了他一拳，然后拉着沈余来到一旁，“你怎么上来了？”

沈余茫然的目光在那群男生与裴禹之间来回穿梭了会儿，然后才后知后觉反过来自己闹了个大乌龙。她心虚地摸了摸鼻子：“对不起啊……我还以为……那个，师兄，这些还给你！书本我都看完了，但是礼物我真的不能收，谢谢！”

沈余一股脑说完，随即把东西往裴禹手里一塞，然后撒腿就跑。不过跑到门口的时候，她偷偷回过头，却意外发现裴禹拿起手机就要往地上砸去。她吓了一跳，当下不管三七二十一，以百米冲刺之势朝他扑了过去。她本意是想阻止他的动作，谁知道势头太猛，刹车不及，直接将对方扑倒在地。

周围正在边吸烟边聊天的一群男生蓦地听见“扑通”一声巨响，猝不及防被吓了一大跳，连手里的烟都掉了。等众人转头一看，才发现原来是凶猛的小学妹扑倒了自己的同伴……

男生们脸色各异，却不约而同地保持了静默。

空气一时凝滞，只有风声呼啸。

然而沈余哪里还听得到什么风声哟！她此刻僵着身体趴在裴禹身上，瞪圆了一双眼睛盯着他近在咫尺的俊颜以及脸上温和的笑意，只听到自己怦怦怦的心跳声。直到刺耳的上课预备铃声划破了空气，沈余才回过神来。

裴禹看着羞红脸慌慌忙忙爬起来的少女，敛下心中的不耐与厌恶，将其扶了起来，面色紧张道：“怎么样？有没有摔疼哪里？”

“没、没事……”

“那就好。”裴禹得知她没事，下一秒神情转严肃，“以后遇到事情不要太急躁，你这样突然冲过来，受伤怎么办？”

“对不起……师兄你怎么样？有没有摔疼？”

“没事。要上课了，快点回教室吧。”

“好……”沈余在一群八卦的目光中跑开，连原先扑倒对方的初衷都忘记了。

教室里，言峥见她两手空空回来，顺口问了声：“还了？”

沈余的思绪还停留在天台上，压根没留意言峥说了什么。

言峥微微皱眉打量了她红扑扑的脸蛋一眼，什么都没有说。余下的时间里，沈余一直都在神游太虚，偶尔还露出傻笑。

言峥看不下去，提醒了她好几次，可惜都收效甚微。

当天傍晚放学回家在家门口，言峥直接叫住心情奇佳的沈余，

“吃完饭过来一趟，带上作业本。”

“啊，没这个必要吧？有什么不懂的题目我明天去学校了再请教你。”虽然他俩最近关系不错，但是还没到这个地步吧？沈余下意识拒绝。

“请教就不用了。”言峥面无表情伸出手，“还钱吧。”

“什么钱？”沈余一时没反应过来。

“四百零陆元壹角，一次付清。”

“……”沈余听到这个数字，嘴角抽了抽。自打修好裴禹送的那部手机后，言峥一个字都没提让她还钱的事情，她还以为他对自己宽大处理让自己赊账了呢。原来在这等着！她伸手摸了摸口袋里少得可怜的零花钱，突然想起一件事，“你上次不是说让我干活抵债吗？我选择干活！”

“确定？”

“确定！”

“很高兴我们达成共识。”言峥微微一笑，然后进了自己家门。

沈余并不以为然，反正她已经做好了干苦力活的一切心理准备。然而，当她做完作业，一张空白的物理试卷摆在了她眼前，她才发现自己 too young too simple 啊！

“不是说干活抵债吗？”

“我是债主我说了算。”

“姓言的，你快说实话，你是不是对我怨恨已久？你说你这人怎么这么小气啊，还能不能愉快地做……”沈余面对着无从下手的物理试卷，当场抓狂，就差拽某人衣领了。

言峥顺手拿起桌旁自家妈妈做的小糕点，堵住她喋喋不休的嘴。

“……”沈余顿觉危机四伏。她好像跳进了他挖的大坑，随时有被埋的危险……

此后数日，沈余每天放学后都会被债主叫去家里一起写作业，写完作业就开始做各学科的试卷，其中以她厌恶的物理居多。每天处在水深火热里，导致她一时无暇顾及其他。

三月初的某个下午，第一节课还没开始。江江看着她脸上日渐浓重的黑眼圈，纳闷道：“沈小余同学，你每天晚上都干什么坏事去了？再这样下去，你可以跟国宝媲美了。”

“别提了，说多了都是泪。”沈余想起来这事就郁闷。

谁知江江一听却来了精神：“别啊，有什么不开心的，说出来我开心开心。”

“还不是姓言的那混蛋！上次我不是去修手机嘛，借了他的钱，他说让我干活抵债，我就答应了。结果你知道那家伙让我干什么吗？每天让我去他家做！考！卷！”沈余说到最后，咬牙切齿。

“噗，偶像这是想让你提高成绩，以后和他考同一所大学吗？我怎么看，都觉得他对你是真爱啊！”

沈余伸手掐了好友圆润的脸颊一把：“江江啊，说实话，你什么时候去眼科检查一下视力吧？费用不够的话，我可以把零花钱资助给你。这眼神，太差了！”

“君子动口不动手啊！虽然我脂肪厚，但是我也是会疼的！”江江揉了揉脸颊，不忘安慰道，“不过你放心啦，过两天你就解放啦。我偶像不是要去外地参加国际化学奥赛的国家队集训吗？”

“咦，有这回事？”

“你真是一点都不关心自己的竹马哥哥啊！上学期期末学校布告栏张贴了喜报，好像是要去一个月左右。”

“这么说……我要解放了？”饱受摧残的沈余激动得原地蹦起来。

罗菲儿领着赵心怡等人恰好从旁经过。她鄙夷地瞥了沈余一眼，边走边对身旁的女伴们说，“有的人真不要脸，癞蛤蟆想吃天鹅肉，也不瞧瞧自己几斤几两。”

女伴们闻言，不约而同朝沈余看了一眼，随后纷纷捂嘴笑起来。

江江看着这些人的背影，皱眉：“你们班的女生好像不太好相处啊？还有她们刚刚是在骂我们吗？”

“她们看我不爽，我也看她们不爽，所以甭理这群神经病。上次就是她们诬陷我偷手机的。”最近这段时间，罗菲儿她们很少在沈余面前找茬，沈余也没空搭理她们。这会儿她心情好，不打算跟罗菲儿等人置气。她伸手揽住江江的肩，“走，为了庆祝这伟大的时刻，我请你吃东西。”

“哇，沈小余万岁！我可以随便点吗？”

“没问题！”

两人手挽着手朝小卖部跑去，谁也没有把罗菲儿等人当一回事。

到了小卖部，两人买完东西，正准备撤退，突然被两个高年级的女生堵住了去路。

“你就是沈余？”站在沈余面前的女生开口质问。

“有什么事吗？”沈余因为对方的语气而微微蹙眉。

女生没正面回应，而是上下打量了沈余一番，然后撇了撇嘴，对身旁的同伴说：“也不怎么样嘛！”

同伴点头赞同，嗤笑道：“我还以为美若天仙呢，不过尔尔。”

她们说完转身离开，留下满头雾水的沈余与江江面面相觑。江江摸了摸下巴，表情严肃地看着好友：“你最近没得罪人吧？”

沈余也很认真地在大脑里把记忆回放了一遍，确定自己最近没搞事之后，说，“别想了，我很肯定我最近没跟人结梁子。”

“哎，好！不过你自己最近多注意一下，我也会帮你多多留意的，总觉得今天这事有古怪啊！”

沈余点点头，对江江的关心报之以笑。回到教室，她一脸狗腿地将自己手中多余的小蛋糕递到言峥面前。她觉得剩下的两三天时间里，得好好巴结巴结言峥，争取在言峥出发前把自己从试卷苦海里解救出来。

言峥从英文课外书中抬起头来，狐疑地看向她，就是不伸手去接。

沈余觉得人格受到了质疑，换上一副凶巴巴的表情：“为什么用这种眼神看我？难道我还会害你不成？”

“嗯，怕你下毒。”言峥顺手从手中的书本里翻出罪证，在她面前晃了晃。

沈余看到那张纸忍不住抽了抽嘴角，气焰弱了一点，“你说你做人能不能大方一点？过去的事老这么斤斤计较你不怕短命啊？”

后座的徐小胖留意到他们的对话，好奇地凑过头来瞄了一眼言峥手里的纸张，随即扑哧一声笑了起来。因为，那张纸上写满了“言峥是王八蛋”几个大字，字迹很明显来自愤怒的沈某人。他憋着笑，赶紧缩回脑袋瓜，避免被波及。

“不能。”言峥赶在沈余伸手毁尸灭迹之前，面无表情将纸条重新收好。

“……算了，好心没好报，我还是自己吃吧。”沈余气馁。她拆开包装袋，正要往嘴里塞，原本无动于衷的言峥突然凑过来，咬了一口她手中的食物。她死死盯着手上那块被吃掉一半的小蛋糕，心情异常复杂，“你不是说你不吃吗？”

言峥斯文地吃完蛋糕，然后慢悠悠回了一句：“知道你没下毒，我就放心了。”

沈余被气得一口吞下了剩下的另一半蛋糕！她觉得对于一个有洁癖的人来说，这个举动应该会觉得膈应。谁知道言峥居然完全没反应！

反倒是徐小胖看到了，在一旁挤眉弄眼：“你们两个这算不算间接接吻？”

“咳咳咳——”沈余悲催地被蛋糕呛到了。

俗话说，小不忍则乱大谋。

当晚，沈余还是决定继续原定计划，好好巴结巴结言某人。

所以她一反常态，遇到不懂就仔细询问，一直问到自己完完全全听懂为止，看起来活脱脱一个热爱学习的三好学生。

等她终于搞定当天的作业，已经是许久之后了。相对比花十分钟就轻松做完所有学科作业的言峥，沈余各种羡慕嫉妒。但是，没办法，这就是学霸和学渣的差距啊！

将手中写好的作业全部收拾妥当，她立即追问正在玩电脑的某人：“我们今天做哪一科的试卷？”

言峥转过头看了她兴致勃勃的样子一眼，重新转回头去，“今天休息。”

“啊，为什么？这一点都不像你的风格啊……”黄世仁再世的言某人还有大发慈悲的一天？鬼才信呢！

“因为……”言峥顿了顿，继续道，“无事献殷勤非奸即盗。”

“……”沈余听到他的话，表情都快扭曲了！听听，听听，像话吗？眼前这个坏蛋，脾气不好，嘴巴又毒，从小到大，他不欺负她就谢天谢地了好嘛！她深呼吸一口气，压下怒火，“你能不能好好说话？你这样很容易失去我的，你知不知道？”

言峥起身去倒了一杯水，然后走到她身边：“沈余，你知道人生气的时候，体内会有什么变化吗？”

沈余正口渴，还以为他给自己倒水呢，脾气稍稍收敛了一点，“什么？”

“产生毒素。”他说完，拿起水杯喝了一口。

“……所以？”沈余没好气道。

“所以，你如果老这么爱生气的话，你会失去你自己。”他将水杯放在桌上，然后重新坐回了电脑前，继续刚才未完成的事情。

如果眼神能够杀人，言峥早就成为沈余眼下亡魂了。沈余就那么瞪了他好一会儿，发现对方无视自己的存在后，只好主动凑过去，伸手挡住电脑屏幕，寻找存在感，“喂，听说你过几天要去外地参加国家队的集训？”

灯光下，少女纤长的睫毛在眼睑处落下扇形的阴影，明亮的眸光中清晰倒映出他的面容，仿佛她的世界只有他一人。

他忽地恶作剧般倾过身去，眉梢微挑，一脸深情道：“怎么？想给我一些爱的鼓舞？”

他温热的气息轻拂过沈余的脸颊，那一瞬，沈余的心跳漏了一拍，似乎忘记了呼吸。

沈余紧张道：“你你你想太多了……我是想问……既然你接下来不在家，那我们俩之间的债务是不是就两清了？”

言峥微微扬唇，清浅的笑意融化了他眉目的冷峻，就好像被风吹荡开的湖面，“想得美，除了本金还有利息。等你月考能考到班级前十再说。”

“……”前十？他是疯了吗？

“以你的智商，考进前十确实比登天还难，要不然，前十五吧。”

“……”

“困难很大？算了，你还是好好做考卷抵债吧。”

“……”

天没天理，人没人性，友谊的小船说翻就翻……

两天后，言峥和学校另一名男生在老师的带领下，前往异地参加为期近一个月的中国化学奥赛的国家集训。集训结束后，中国化学会将会选出四位选手组成新一届国家化学队，代表中国参加 7 月举办的国际奥林匹克化学竞赛。

言峥出发前，沈余无比真诚地送上了祝福，恨不得言峥这个无良债主立刻就消失在自己眼前。

言峥盯着她看了好几秒，突然大发慈悲道：“沈余，想不想解除债务？”

沈余有些微迟疑，不怎么相信言峥会突然这么好心。不过，最终，内心深处对人类的善良说服了她自己。她诚实地点点头：“所以，你良心发现了？”

言峥没理会她的调侃，神情严肃道：“我不在学校期间，不要和裴禹往来。”

“……这什么破要求？”沈余听到他的话，当场翻了个白眼，“我说，你怎么这么讨厌裴禹师兄啊？理由呢？你们俩究竟有什么深仇大恨？”

言峥听到她的连番追问，脸上闪过一丝复杂的情绪，却还是冷声道：“不能做到？那算了。”

言峥转身离开，空留摸不着头脑的沈余站在原地纠结着他讨厌裴禹的原因。

几个小时后，言峥坐在江城市机场候机大厅，皱着眉头盯着手中的照片，神色有些复杂。这张照片是他早上意外从蔚帅手中拿到的，照片里穿着校服的少女扑倒了同样穿着校服的男孩，少女羞红着脸，男孩则单手揽着少女的腰，脸上带着温和的笑。画面怎么看都觉得很美好，他却越看脸色越沉，同时心中莫名升起一种不好的预感。

同行的学长发现他脸色不佳，顺势瞥了一眼他手中的照片，“咦，这男生好眼熟……好像是我们年段的裴禹？！不过这女生是谁？裴禹女朋友？”

言峥听到学长的话，脸色阴沉了几分。学长见状，犹豫了下，试探性开口：“呃，这女生该不会是你喜欢的人吧？”

言峥没吭声，沉默着将照片收起来。学长顿时露出一副同情的小表情，伸手拍了拍他的肩膀，以示安慰。毕竟一个是冬天一个是春天，任谁都选春天好嘛！

与此同时，在学校的沈余这一天过得非常不顺利。

先是班上没怎么说过话的男生突然跑过来询问她是不是在谈恋爱，还表示非常佩服她的勇气。再者就是上体育课练习打排球的时候，她被班上的女生故意用球砸了。最后就是她当天放学走在人群里，被人故意绊倒了，磕破了膝盖，差点就成了铁拐李。

最最让她抓狂的是，她完完全全不知道到底发生了什么事！

不过第二天，踩着点上学的沈余在虞珊的提醒下，终于知道了原因。因为有人在学校布告栏上贴了一张她在天台不小心扑倒裴禹的抓拍照。虽然有老师在看到这张照片后，第一时间撕了下来，但是依旧被许多人看到。

江城一中素来对早恋这一块抓得很严。沈余扑倒裴禹的照片一出来，各个班级议论纷纷。甚至，有好事者以及许多爱慕裴禹的女生跑来沈余的班级围观。

沈余最早听到这个消息的时候，松了一口气。敢情这几天来，她遇到的一些奇奇怪怪的人听到的一些奇奇怪怪的话，都是因为这张照片啊！不过在她看来，这张照片里发生的事情，只是一场意外，过几天这些风波就平息了。谁知道，这一天还没结束，她就被班主任张燕叫到了办公室喝茶。

张燕直接将照片重重拍在桌上，沉着脸，质问："沈余，你是不是在和裴禹谈恋爱？"

"张老师，你误会了，我没有早恋！裴禹学长是我以前在美术培训班认识的，他之前借了几本美术方面的书籍给我，我前几天去还书本，结果不小心撞倒了他。当时还有几个高年级的男生也在场，他们可以证明我真的是不小心撞倒了裴禹学长……"

"你先回去上课吧。"张燕在听完沈余的解释，没有再多说其他。

沈余还以为这件事情就这么过去了。谁料，当天傍晚放学后，班主任张燕特意将全班留了下来，召开了一次班会。

班会上，张燕反复强调了学生来学校就是学习的，杜绝一切早恋，若发现早恋直接请退，还直言请个别女生学会自重自爱。虽然张燕未点名道姓，但大家都知道她说的是谁。

沈余面红耳赤独自坐在自己的座位上，放在抽屉里的双手紧紧抓着书包的背带，那种受到羞辱的感觉只增不减。

张燕宣布放学后，罗菲儿与赵心怡等人还故意绕到沈余的座位上，对沈余进行了一番冷嘲热讽，总结起来就是骂沈余是一坨丑陋的牛粪，配不上裴禹这朵鲜花。

如果是平时，沈余可能就当场回击了。但今天她不太想惹事，所以一边收拾东西一边将她们的话当作耳旁风。

罗菲儿却不罢休，直接挥手打掉了沈余准备放进书包里的课本，“装什么清高？不过是个婊子，真不知道裴禹哥哥为什么会……”

沈余直接将手中的书包往地上一砸，一把拽住罗菲儿的衣领，扬起另一只手，咬牙切齿道：“你再说一遍试试看？”

罗菲儿被吓了一跳，还以为她真的要打人，赶紧伸手捂住自己的脸。一旁的赵心怡等人连忙来帮忙。

眼看几个女生又要闹事，身为班长的蔚帅立即跑过来。他将几人分开后，用身体挡住衣服和头发都乱糟糟的沈余，板着脸看向罪魁祸首，“罗菲儿，你知道你的行为看起来像什么吗？泼妇。”

罗菲儿看到手上掉的几根头发，没好气道：“蔚大班长，你不说话没人把你当哑巴！你这么维护沈余，不会是喜欢她吧？”

“你管我啊？反正我是绝对不会喜欢你这样歹毒的女生！仗着人多就欺负班上的同学，你的家教都跑哪里去了？”蔚帅以前还觉得罗菲儿还不错，只是有点公主脾气，但现在是半点都看不上眼了。他弯腰将地上东西收拾好，还给沈余，关心询问：“沈余你没事吧？”

“没事，谢谢！”沈余拿过自己的书包，直接往教室外走去。

蔚帅立即追了上去，笑得很友好：“沈余你家住哪？我送你回家吧，免得有人仗着人多势众欺负你自己一个。”

罗菲儿看到他截然不同的两副面孔以及话中的意有所指，气了个半死。而走廊上，沈余看着跟在自己身后的蔚帅，拒绝道：“班长，你快回家吧，我没事。”

“那可不行，我答应了……”蔚帅说到一半，意识到不对，赶紧改口，“我是说你家住哪？说出来看看，说不定我们顺路。”

“你家住哪？”虽然同班了一个学期之久，但沈余之前跟蔚帅没什么交集。不过她知道蔚帅为人仗义、热心肠，再加上他刚刚帮了自己，所以她倒是没有反感蔚帅此刻的行为。

蔚帅报了个地址，沈余听了，耸耸肩，“看来我们不顺路啊，再见咯。”

沈余抬手挥了下，然后朝学校停车棚跑去。蔚帅看着沈余跑远的背影，只好放弃自己当护花使者的念头。

沈余骑着脚踏车没有直接回家，而是来到了医院探望请病假好几天的江江。只是医院太大了，她在医院里绕了好几圈才找到江江的病房，其间还不小心跑到了妇产科去了。

病房里，在输液的江江正控诉一旁的妈妈用美食诱惑自己。江母则吐槽自己的女儿不知节制，连吃两条小吃街，导致当场进了医院。

沈余听了江江住院的原因，扑哧一声笑了出来。江江抬头看到门口的她，顿时精神一振，招手让她过去，然后主动跟自己的妈妈介绍说："妈，她就是沈余，我的好朋友！"

"阿姨好。"沈余礼貌地和江江一个模子印出来的中年妇女打招呼。

江母连忙招呼她坐下，笑容亲切道："小余啊，晚饭吃了吗？阿姨去楼下给你打一份上来。阿姨天天听江江提起你，谢谢你对江江的照顾，有空一定要来家里玩，阿姨跟叔叔给你烧一桌好吃的！我跟你说啊，你叔叔跟阿姨别的不说，这炒菜的手艺绝对……"

江江见自家妈妈又开始王婆卖瓜自卖自夸，连忙打断，"妈，酒香不怕巷子深，你就别自夸了。再说下去，整个住院部都知道你们厨艺一流了。小鱼儿肯定是从学校直接过来的，要不然你去楼下帮忙打个饭，我们俩先聊聊天？"

"好好好，那你们聊。"江母立即起身要去楼下。沈余连忙阻止："阿姨不用了，我爸妈在家等我回去吃饭呢。您先吃饭，我就是来看看江江。"

"她呀就是嘴太馋了！那你先坐一会儿，我去洗点水果。"

沈余还要婉拒，江江连忙说："哎呀，你就别管她啦！我们俩先小聊几句，然后你赶紧回家吃饭。在学校过得咋样？我和偶像都不在，是不是感觉很寂寞？”

沈余笑嘻嘻捏了捏江江圆润的小脸蛋，在学校发生的事情半点没提：“是啊是啊，简直寂寞如雪。所以你赶紧好起来，听见了吗？”

“哈哈哈，放心吧！我好得差不多了。不过我爸妈不放心，非得让我明天再留院观察一天。”

“你也是个牛人，连吃两条小吃街……下次可别这么贪吃啦，什么都要节制，身体最重要。”

两人又聊了一会儿，沈余起身辞别。江母塞了她一颗超大的红苹果，并再次叮嘱她有空一定要来家里玩。

回家的路上，满天繁星一路相伴，沈余天真地以为这场莫须有的风波会随着时间的推移而平息。

谁料几天之后，有人在学校布告栏张贴了她出现在医院的照片，而且还是她出现在妇产科的照片。这些照片充满了误导性，很容易让人想入非非，一经贴出，全校哗然。随即又有传言说看到过沈余和男生出现在某某酒店等等，三人成虎，一时间关于沈余私生活不检点的流言传遍了整个校园。

重返校园的江江听到别人八卦沈余，非常气愤，冲上去就跟人解释自己的好友不是这样的人。可惜并没有什么用。别人才不会管你是不是真的私生活不检点，他们只相信自己愿意相信的。

听到江江郁闷地吐槽，沈余安慰她不要太在意。因为全校这么多人，她又不能一个个撕过去，最好的办法就是让风波平息下去。

沈余自己也搞不懂这个幕后黑手到底和自己有什么仇，她有些担心裴禹因此受到牵连，去找了裴禹好几次，奇怪的是每次都没见到裴禹。

这天中午，江江在学校食堂打好饭菜等了一会儿，才见到好友匆匆而来。

“你们班今天怎么拖这么久才下课啊？”

沈余气喘吁吁地在江江面前坐下，“没有啦，我刚才跑去高三年段找人了。”

“又去找你的裴禹师兄了？”

“对啊，不过还是没见到人，他们班上的人说他一放学就走了。”沈余有点泄气。

“我说小鱼儿啊，你这都去找了有四五次了吧？你说一次两次找不到人，我还能理解。可这次次都见不到人，就有点奇怪了啊！”江江皱了皱眉，说出自己心中的猜测，“话说裴禹会不会是故意在避开你？”

“应该不会吧？我们俩又没有真的在谈恋爱……”

“但是其他人不相信啊！所以你别去找他啦，不然你们班主任又要请你去喝茶了，还有你们班那个把你视为眼中钉肉中刺的罗菲儿……”

“好好好，我听你的。”沈余想了想觉得江江分析得确实挺有道理，虽然觉得有些伤心，但是她表示理解。

“那个……小鱼儿啊……我……”江江欲言又止，“算了，我们吃饭吧。”

“吞吞吐吐的干吗？一点都不像你的风格啊！咱们边吃边说，是不是又听到什么关于我的八卦啦？”沈余笑嘻嘻扒了一口饭。

江江小心翼翼地瞅了瞅四周，然后凑近沈余，小声说：“我听说有男生跑去问裴禹你去医院的事情是不是真的，还问你肚子里的孩子是不是他的。然后裴禹回了一句，我也很好奇到底是谁的……”

“噗，这大概是我今年听到最好笑的笑话了哈哈哈……”沈余当场喷饭。她认识的那个裴禹怎么可能会说出这样的话？造谣也不弄得逼真一点。

被好友喷了一脸饭粒的江江看着眼前捂着肚子笑到生活不能自理的好友，满脸哀怨。她做错什么了她？哎，好怀念偶像大人在学校的日子啊，至少那时候她的好朋友沈余还算是个正常人。不过，算算时间，偶像好像也快回来了！

在沈余看来，这么匪夷所思的谣言，有点智商的人都不会相信的，但偏偏绝大多数人都相信了。因为接下来的日子，除了面对各种异样的目光以及冷嘲热讽，沈余每天去教室都会看到黑板上写着“沈余是个 Bitch”几个大字，中午吃个午饭回班级会发现书包被人用粉笔乱涂乱画，晚上放学会发现自行车的轮胎被人故意扎破等等校园欺凌。

这期间，除了江江、虞珊、徐攀以及陈枫之外，班长蔚帅也频频出面维护沈余，一不小心又引发了一波新的流言。

这场风波愈演愈烈，学生们对此事的关注一度超过了学习，甚至其他一些早恋的苗头蠢蠢欲动。有学生家长从自家孩子口中得知沈余的事情，联名向学校提出了抗议，校长迫于压力紧急召开了教师会议，要求对此事进行从严处理。

高一（1）班的班主任张燕被校长点名批评后，沉着脸让沈余回家叫家长，然而左等右等，沈余的父母就是没有出现。最终，她决定自己亲自联系沈余的父母。

第九章

真相大白

[1]

四月初的一个下午，春光正媚。

沈余坐在教室里上历史课，班主任张燕突然将她叫了出去。

“张老师，我爸妈……”沈余还以为老师又要询问自己的父母怎么还没来学校，正要解释，孰料却被对方打断。

“你妈妈已经来了，正在校长办公室等你。”张燕语微顿，看了沈余一眼，将没说完的话咽了回去。

沈余听到班主任的话，很是意外。之前她跟父母提过老师请他们到学校一趟，结果被骂了个狗血淋头。没想到他们今天居然会来？也许是班主任亲自联系的？想象了一下老师的说辞，沈余深呼吸了一口气，抬着沉重的步伐跟了上去。

然而，尽管沈余做好了挨骂的心理准备，还是在踏进校长办公室后被亲妈迎面甩来的一巴掌打蒙了。

“没用的死丫头，好的不学尽学坏的，脸都让你丢尽了！”徐丽心中所有的怒气在见到女儿后瞬间爆发。

沈余紧紧抿着唇，没有吭声。那颗原本以为坚硬的心，还是因为母亲的举动以及直接盖棺论定的话而深深刺痛。

徐丽见到沈余这副模样就来气，“你拉长着一张死人脸给谁看？跟你爸一样，都是没用的东西！”

中年男校长以及身为班主任的张燕连忙劝道：“沈余妈妈你冷

静一点，有话好好跟孩子说。罗马不是一天堆成的，教育问题也是如此……”

素来好面子的徐丽却犹不泄愤，伸手去拧沈余的耳朵，骂骂咧咧道：“我花钱是让你来学校读书的，不是让你来学校勾引男人！你们校长刚刚说学校决定让你转学，我看这学你也别上了，浪费钱！”

“转学？”沈余顾不得脸上以及耳朵上的疼痛，从母亲手中挣脱开，不敢置信地看向眼前的两位师长，“老师，我没做错事情，为什么让我转学？”

班主任张燕一脸严肃道：“沈余同学，让你转学是为了你好，也为了大家好。”

“我没有做错任何事，凭什么让我转学？”沈余不接受这个说法，还想继续理论。

一旁徐丽却直接拽住她的手，拉扯着她往门口的方向走，“死丫头，别再给我丢人现眼了，去教室把东西收拾一下立马跟我回家！”

沈余听到自己亲妈的骂声，一阵阵心寒。眼前之人，生她养她，却从不曾信任过她一分一毫，也不曾出面维护过她一分一毫。这个她称为妈妈的女人，此刻看着她的时候，眼里流露出来的憎恶如此明显，仿佛彼此不是亲人，而是仇人。她所有的挣扎在这一秒停止，无声垂下头去。

徐丽见沈余妥协，怒火稍稍平息了一点，嘴上还想再说几句，门外突然传来了一阵急促的敲门声。

徐丽顺手打开门，看到来人，难看的脸上扯出几分尴尬的笑容：“小峥？你不是去外地参加比赛了？”

“徐阿姨好。”言峥礼貌地打完招呼，目光落在眼前瞬间抬起头的少女身上，“沈余，我回来了。”

大概是一路长跑过来的，少年此刻正微微喘着气，额头和鼻尖上沁着几许薄汗。沈余呆呆地看着眼前一身白衣黑裤站在倾城日光里的少年，一动未动。那些没能从母亲身上获取的温情与关心，她从这短短六个字里听到了。

“呵呵，那什么，阿姨还有事就先走了。”徐丽看到言峥就想到自己不争气的女儿，顿时觉得丢脸，拽着沈余就往外走。

“徐阿姨，请你们等我一下！”言峥说完，快步走到两位师长面前，“校长、张老师，我是沈余的同桌，我可以证明沈余绝对没有早恋！但是如果你们一定要让沈余转学的话，那么我也跟她一起转学。”

门口的沈余听到言峥的话，当场傻眼了。她立马转过头去，只见言峥背对着自己站在老师们的面前，身姿挺拔如松。

这一分这一秒，沈余只有一个念头，言峥这家伙疯了。

徐丽也听到言峥对老师说的话。她全然没当一回事，虎着脸对沈余说：“我忙着呢，你快点去把东西收拾一下滚回家。”

沈余的注意力都在言峥身上，没理她。

徐丽正要发火，旁边传来校长笑呵呵的声音：“言峥同学，别开玩笑了。沈余这件事情，学校方面已经有了定论。你刚参加完集训，今天先回家好好休息一天，接下来还要继续努力啊，争取在七月的国际奥赛上为国争光！”

身为老师都喜欢成绩品行都优异的学生，特别是眼前这个学生还刚刚入选了国际化学奥赛国家代表队。校长自打知道言峥入选国家队，脸上的笑容就没消失过。

言峥面不改色道：“校长，我没开玩笑，同时我也会为我自己说过的话负责。但如果你们对沈余的处理这么不公正的话，那么我觉得我十分有必要考虑一下其他学校的邀请。”

身为班主任的张燕连忙圆场，“言峥同学你别意气用事，这段时间辛苦了，赶紧先回家休息一下，有什么事等你返校再说。”

“张老师，我爸妈尊重我的一切决定，包括转学。”言峥说完，朝眼前的师长们鞠了一躬，然后转身走到沈余与徐丽身旁，“徐阿姨，沈余是您的女儿，请给她最基本的信任。接下来我会陪她一起去教室收拾书包回家，您有事就先去忙吧。”

沈余整个人都还处于震惊状态，脑袋瓜突然挨了一下。少年清俊的面容在她眼前放大，语气有几分嫌弃又有几分无奈：“傻愣着干吗？走了。”

“哦……”沈余下意识跟上。

一直到两个年轻的身影走远，立在原地的徐丽才反应过来，她刚刚好像被一个晚辈教育了？

回班级的一路，沈余无数次欲言又止。她想问他匆匆跑来学校是不是特意为了她的事情？又害怕自己自作多情……

言峥看在眼里，却没有开口。

两人一起回到班级的时候，正值下课时分。大家看到他们俩同时出现，表情有些微妙。

刚刚学校布告栏已经贴出大喜报，祝贺言峥入选国家队。所以言峥一出现，班上的同学立即围了上来，而原本站在言峥身旁的沈余立即被人挤到了一旁。沈余默默地走回自己的位子，开始收拾课本。

言峥皱了皱眉，直接拨开人群，走到沈余身边，然后在众人不解的目光之下，主动帮沈余收拾好东西，并拿起她的书包，挂在自己肩上。

“骑车了吗？”他问得自然极了。

“有。”沈余猜到他的用意，稍微犹豫了几秒，“但是可能要去修一下……”

“怕什么？修车钱我还是有的。”

沈余听到他玩笑的话，沉重的心情轻松了不少。

两人走到门口，正好碰上蔚帅。蔚帅似乎一点都不意外他的出现，笑嘻嘻恭喜他加入国家队。言峥脸上露出难得的温和浅笑，意有所指：“谢谢！”

之前出发去参加集训，他曾私下拜托蔚帅照顾一下沈余。此次他匆匆赶来学校，也是因为接到蔚帅打来的电话，知道沈余在学校的处境。

“不客气。”

两人交换了一个只有彼此才懂的眼神。

罗菲儿去了洗手间回来，听说言峥返校，并且又跟沈余一起离开了，心情顿时如坐过山车。她跟赵心怡抱怨了几句，看到沈余那张空空如也的课桌，顿时有些幸灾乐祸：“心怡，你知道沈余刚刚为什么早退吗？”

“为什么？”

“因为她被学校请退咯。”

“啊，真的吗？”

“千真万确！我听我妈妈说的。”

“自作孽不可活……”

没一会儿，高一（1）班全都知道沈余被学校退学的消息。班上议论纷纷，有人觉得沈余挺可怜的了，也有人觉得沈余活该。

与此同时，言峥正载着沈余往家的方向而去。

午后懒洋洋的阳光洒下来，微风拂面。满腹疑问的沈余坐在自行车后座，盯着言峥的后脑勺纠结了许久，还是没能鼓起勇气。

反倒是言峥率先开口打破这一路的沉默：“你最近还有跟裴禹联系吗？”

“没有……”

“那就好。”

沈余听到言峥的话，不解道：“言峥，你为什么一直对裴禹师兄有这么大的偏见？其实他人真的很不错。而且这次的事件，他也是受害者。”

言峥冷哼了声，说：“他才不值得你为他担心。”

沈余不开心道：“你这人怎么老——”

“沈余！”言峥冷声打断她的话，“你知道害你退学的幕后主使是谁吗？”

“谁？”

“裴禹。”

“怎么可能？别开玩笑了。何况你这段时间都在外地，怎么会知道幕后主使是谁？”

沈余话音刚落，言峥突然来了个紧急刹车。他转过头来，一脸严肃道：“沈余，你相信这世界上真的有那么多巧合？裴禹一直都在骗你，他接近你其实另有目的。”

大概是言峥此刻脸上的神情太过严肃和认真，又或者是之前言峥在校长办公室为她出过头，所以沈余一时竟然没有反驳，反而下意识认真开始思考起来。

沈余回想自己跟裴禹之间的一切过往，蓦然发现她与裴禹之间，似乎主动的人一直都是裴禹？而很奇怪的一点是，当时天台上那些男生都与裴禹认识并且关系看起来好像还不错的样子。如果其中一个人拍了照片，裴禹不可能不知道的。那么这些照片是怎么流传出去的呢？其次偷偷把照片贴在学校布告栏的人也很奇怪啊！整个学校，除了跟罗菲儿她们有点矛盾之外，她实在想不出得罪过谁。还有更奇怪的一点，学校里好多对她不利的八卦都会扯上裴禹……

不知怎的，沈余脑袋瓜里忽然冒出罗菲儿曾说过的一段话。

那是“手机事件”之后，她与罗菲儿私下发生了口角，落了下风的罗菲儿气急败坏地指着她的鼻子骂道：“你可真贱，缠着裴禹哥哥讨要礼物。裴禹哥哥就是人太好了，才会送你手机。你以为裴禹哥哥真的会看上你？别做梦了！裴禹哥哥亲口跟我说过，他就算瞎了也不会喜欢你！”

这一桩桩事情，似乎都有裴禹的身影。可是真的会是裴禹吗？他对她能有什么目的呢？沈余眉头紧蹙，打心底不愿意相信这个猜测。

可是，更让沈余烦躁和郁闷的是，当她从纷杂的思绪中回过神来，却发现提起这个话题的罪魁祸首已经重新踩着自行车载着她往前行驶了很长一段路，仿佛受此困扰的人只她一人。

她突然来气，大喊：“停车，我要下车！”

前面的人纹丝不动，直接将她的话当成了耳旁风。沈余气不打一处来，口不择言道：“言峥，你知不知道总是自以为是的你有多讨人厌？你以为全世界就你是好人吗？裴禹才不是你想的那种人！”

沈余说完，没有等言峥表态，直接跳车。骑着自行车的言峥只觉后座一轻，随后就听到身后传来一声哀号。他立即将车停下，快步走到坐在地上捂着屁股龇牙咧嘴的沈余身旁，却没有及时将她扶起，而是冷着脸蹲下来检查了一番，确认她没有大碍后，重新站起身，居高临下看着她："沈余，你该长大了。"

沈余极力忽略心底莫名涌起的心慌，梗着脖子回了一句："要你管！"

言峥目光定定看着她，没说话。

沈余在他仿若洞悉一切的目光里，选择了逃避。她不顾摔疼的屁股，迅速从地上爬起来，头也不回地往旁边的人行道跑去。

言峥望着她的身影一点点消失在视野范围内，轻叹了口气，转身重新骑上自行车离开。

沈余漫无目的跑开之后，随便找了个公园坐了下来，然后一直呆到太阳落山才起身回家。当她两手空空慢吞吞爬到三楼楼梯口，意外发现言峥站在那里，似乎正在等自己。她还没整理好自己的情绪，不知道该如何面对他，于是只好装怂，逃也似的越过他，快步进了自己家门。

手里拿着书包打算归还主人的言峥还未开口呢，就吃了个闭门羹。他刚要去敲门，突然想起自行车钥匙还在自己房间的书桌上，当下决定先回屋拿了钥匙，再一起归还。

原本正在厨房忙碌的徐丽听到动静走出来，看到女儿回来，笑盈盈地招呼道："回来啦？快去洗个手，我把汤端出来我们就可以吃饭了。"

沈余一脸见鬼地看着眼前这个笑容亲切的女人，有些怀疑自己眼花耳鸣了。等她看到一桌子热腾腾的菜肴时，伸手掐了自己的大腿一把，痛感传来，她才确认眼前的这一幕是真实发生的。

“你爸今晚加班不回来，咱们吃。”徐丽将手中刚煲好的汤端到桌上，转身又去盛了两碗饭出来。

沈余没说话，洗完手在饭桌前坐了下来。旁边的徐丽顺手夹了一块肉放在她碗里，笑眯眯道：“小余啊，你太瘦了，多吃点补充一下营养。”

“……”沈余看着碗里的肉，惊得不敢动筷子。

徐丽边吃边状似不经意道：“小余，跟你谈恋爱的男孩子是不是叫裴禹？非衣裴？大禹的禹？”

沈余下意识反驳：“我们没谈恋爱。”

所以那个男孩子确实是裴禹？徐丽听到自己想听的答案，笑得愈发灿烂，“其实妈妈并不是反对你谈恋爱，毕竟女孩子嘛，将来都是要嫁人的，不过重要的是要看看对方的为人如何。既然你们现在都这样了，不如你把对方约到家里来，妈妈给你把把关？”

沈余听完这一番话算是了解了今天这顿丰盛晚餐的用意了。她失望于母亲从来不曾相信过自己，面无表情地从位子上站起来：“不用了，我们只是普通的朋友关系。”

徐丽手里的筷子“啪”的一声拍在桌上，怒道：“装什么装？你要是没早恋，会被学校请退吗？知不知道就你这样的，读书也是浪费钱，还不如睁大眼睛找个金龟婿！我告诉你，好好跟裴禹搞好关系，周末把人请到家里来作客，否则这个家你也别回了！”

沈余见到母亲又恢复之前的面目，反倒松了一口气。不过她丝毫不赞同母亲的观点，张口就要反驳，门口却突然传来敲门声。

徐丽直接命令沈余："去开门！"

沈余看了她一眼，直接回了自己的房间。

徐丽气得张口又要骂人，一想到这老房子的隔音效果，只好咽下到嘴边的话。她脸色不太好地打开门，看到是言峥，连忙挤出笑容，说："小峥啊，有事吗？"

"沈余的书包和自行车钥匙落在我这了。"

徐丽接过他手中的东西就要关门，言峥却突然伸手挡住了门。

"徐阿姨，"因担心里头的人听到，所以言峥特意压低声音，只是话中充满了警告的意味，"请不要利用沈余来达成你不可见人的目的。"

徐丽脸上的笑容在他如炬的目光里，一点点僵在脸上。难道眼前之人发现了什么？徐丽紧紧盯着他，企图从他青葱的面容里看出点什么来。

言峥却没再多说其他，面容冷峻地转身离开。

徐丽站在原地沉思了会儿，到底没将言峥的话放在心上。她觉得一个小屁孩就算知道了那件事，也翻不出什么浪来。

然而，他们不知道的是，原本窝在房间里的少女不知何时站在了房门口，将那句特意压低音量的话听了个一清二楚，然后又悄无声息地关上了房门。

当天夜里，沈余躺在床上，盯着黑黢黢的天花板想了一夜。

第二天，沈余就给裴禹打电话了。谁知，她打了好几个电话，统统都被对方摁掉了。她犹豫了下，特意等到中午放学的时间段才重新拨了电话过去，令她纳闷的是对方竟然直接将电话关机了。沈余越想越不对劲，最终决定直接上门蹲点堵人。

裴禹坐着车里，远远地看见自家大门口有个人蹲着，落日余晖洒下来，他看不清对方的面容，心中却隐约有了猜测。当车子从旁经过，少女立即抬起头来，赫然是他熟悉的面容。四目相对，他漠然地收回目光，命令司机直接往里面开。少女却仿佛不要命一般，直接冲到车前，伸手拦住了车子的去路。

裴禹直接推开车门走下来，皱着眉将她拽到一旁：“沈余，你究竟想干什么？”

沈余一脸认真道：“裴禹师兄，我有话想问你！”

裴禹皱眉扫了她一眼，没说话。

沈余却在看到他眼里不加掩饰的厌恶时，愣在当场。那些迫切想找他证实的疑惑，在这一刻似乎都有了答案，可她却犹不死心，打算垂死挣扎一番。

“裴禹师兄，学校布告栏上贴出的照片以及那些抹黑我的流言蜚语，与你有关吗？你是故意接近我的吗？”

沈余话音未落，裴禹已经笑了起来，表情和语气都充满了嘲讽，“沈余啊沈余，你说我是该夸你蠢呢？还是夸你没脑子？你们这些女生还真是好骗，随便送你个礼物，给个笑脸，就以为遇到了爱情。

呵，你该不会真的以为我喜欢你吧？”

那些曾有过的怦然心动的瞬间，在这一秒，统统寂寂无声。原来，言峥说的是对的，这所有的一切不过是阴谋一场。可是她想不通，那个让他费尽心机接近她的理由，究竟是什么……

四月傍晚的风吹来，沈余忍不住打了个激灵，牙齿都在打战。她双手捏握成拳，目光紧紧盯着眼前仿若变了一个人的裴禹，一字一句问出心中所惑：“为什么？”

“想知道原因？”裴禹挑了挑眉，欣赏着对方的明明想哭却又故作坚强的表情，“周六下午两点，江南里小区门口见。”

沈余看了看裴禹转身离去的背影，又低头去看地上被风吹落的花瓣。那些记忆里与他有关的片段，像幻灯片般，在脑海中一一闪过。她牵了牵嘴角，试了很多次，终于扯出一个比哭还难看的笑容。

落日的余晖一点点散尽。

因值日晚归的罗菲儿看到裴禹家门口有个女生一动不动地站着，顿时觉得奇怪，走近了一看，瞬间怒道：“沈余，你在这里干吗？你是不是又缠着裴禹哥哥了？你还要不要脸啊？”

沉浸在自己思绪中的沈余终于回过神来，抬起一双红得吓人的眼睛，冷冷地剜了罗菲儿一眼，随后一语未发地离开这个再也不会踏上的地方。

晚风吹来，走了很久的沈余才惊觉面上潮湿一片。她胡乱用手背抹了抹，心想，那所有因为裴禹的靠近而欢喜雀跃的心情，真是既荒唐又可笑啊！

可她知道，那些受过的伤害，一定会释怀的。

即使这需要时间来恢复。

沈余回到家后，消沉了好几天。但是到了约定好碰面的那天，沈余还是打起精神出去赴约了，即使当天的天气阴沉得犹如她的心情。

外出归来的言峥在小区门口看到沈余，叫了她一声，却没有得到回应。他看到她一副心事重重、魂不守舍的样子，有些不放心，遂跟了上去。

沈余来到江南里小区门口，裴禹右手夹着一根烟，正在看手表。看到她出现，裴禹挑了下眉，语气透着几分嘲弄："还以为你不敢来了。"

"我们去干什么？"尽管已经知道那个亲切温和的裴禹是装出来的，沈余还是难掩心中的落差。

"去了你就知道了。"

裴禹将手中的烟蒂扔掉，双手抄兜，轻车熟路朝小区里面走去。一头雾水的沈余连忙跟了上去。

尾随沈余而来的言峥见状，俊眉微蹙，跟了上去。怎知小区太大，每栋都相似，小路又多，一个不留神，裴禹和沈余的身影就在他眼前消失了。

与此同时，裴禹领着沈余在某栋楼下停了下来。

沈余环顾了下四周，有些不明所以："我们来这里到底干什么？"

裴禹不耐烦地扫了她一眼："闭嘴。"

"……"沈余还想说话，见他脸色阴沉，只好不再询问。

两人静静地等了一会儿，只见里头走出来一对姿态亲密的中年男女。中年男人不知附在女人耳边说了什么，惹得女人伸手捶了他胸口一下，很快两人就旁若无人地吻了起来。

因为角度问题，沈余没有看清楚女人的脸，只觉得女人身上的那件衣服有点眼熟。至于那个男人，她在脑中搜罗了一圈，不是自己熟悉的人，但是依稀有点眼熟。

那对男女吻得火热，沈余有些不好意思地收回目光，正要再次询问裴禹，侧过头却发现裴禹看着那对男女的目光充满了戾气。

"你认识？"沈余试探性地开口。见裴禹默不作声，电光石火之间，她想起了自己为什么觉得那个中年男人眼熟。因为，那张脸似乎是大一号的裴禹……

呃，所以裴禹带自己来这里，却不小心抓住了自己父亲的出轨现场？沈余被自己的发现惊住。她看看那对犹如陷入热恋的男女，又看看旁侧阴郁的男生，一时不知该如何是好。可就在她刚决定静观其变之时，那对男女结束了拥吻，女人转过头来露出一张她熟悉无比的脸。

沈余从不曾想过，有朝一日，她会撞见妈妈的偷情现场。那一瞬，她只觉得全身的血液都在往脑门上冲，太阳穴嗡嗡作响，整个人僵在原地，大脑一片空白。

裴禹看到她的样子，脸上露出报复性的笑容："沈余，你看，你妈妈真贱。"

"轰"的一声，沈余听见了世界轰然崩塌的声音。她想都没想，直接冲了过去，大声质问眼前明显精心打扮过的母亲："妈，你为什么会和裴禹的爸爸在一起？"

徐丽错愕地看着眼前不知从哪里冒出来的女孩："你怎么在这？"

一旁的裴正国看到沈余的出现，微微愣住，看向徐丽："她是你女儿？"

徐丽温柔地"嗯"了声，"这孩子性子比较急，让你见笑了。"

沈余看到母亲截然不同的两种反应，一颗心沉入谷底，却还是抱着一丝侥幸，重新追问："你怎么会和裴禹的爸爸在一起？你们是什么关系？"

徐丽暗暗瞪了她一眼，"大人的事情不需要你操心，你不好好在家呆着，跑这来干什么？"

"为什么要这么做？"沈余垂在两边的手紧紧握成拳头，目光里的最后一丝希冀变成了绝望，"你对得起爸爸吗？对得起裴禹他们吗？你这样插足别人的家庭，会遭天打雷劈的！"

"啪——"徐丽顾不得自己在情人面前处心经营的柔弱模样，狠狠一巴掌甩了过去，"沈余，你怎么和妈妈说话的？"

沈余被打得偏过脸去，却咬紧牙关不肯哼一声。脸颊上火辣辣地疼，怎比得上心中的痛？身后裴禹投过来的目光令她如芒在背，她几乎可以想象裴禹此刻脸上的表情，应该是充满了嘲讽吧？可此时此刻，她除了羞愤就再也没有其他感觉了。那天亲耳听到裴禹承认是在利用自己时的伤心，全部都消失了。她终于明白过来，原来她也没有自己所以为的那么喜欢他啊……

一旁的裴正国看到自己儿子的身影，顿时明白过来。他眉头紧皱，厉声道："为什么把沈余牵扯进来？"

裴禹自从发现父亲出轨，心中对父亲的崇敬就全部消失了。甚至，他心中充满了恨意。此刻，他听到问话，讥笑道："呵，这么快就开始维护你的便宜女儿了？你这还没当人家爹呢。没听过一句话吗？母债女还啊！"

"浑小子——"裴正国气得要揍他，抬起手又忍住了，"下个月立马给我去美国！"

"怎么，急着给你的情人和她的拖油瓶腾位置？"

"你——"裴正国气得脸都黑了。

一旁的徐丽见状，连忙从中劝和："裴禹啊，大人的事情，你们小孩子不懂。你听阿姨的话，别跟你爸爸置气，你爸爸很爱你，你这样他会伤心的。"

"阿姨？"裴禹看着女人虚伪的嘴脸，冷哼道："你也配？"

裴禹说完，不再理会这对中年男女的反应，慢悠悠转身离开。留在原地的徐丽因为裴禹的话，脸上露出尴尬和委屈。裴正国见了，连忙一阵好言安慰。很快，徐丽就重新展露出笑容。

冷眼旁观的沈余看到这一幕，忍不住冷笑。

徐丽按捺住心头的怒火，温声细语地对男人说：“正国，你先去车里等我，我跟女儿说几句话就来。”

待裴正国离开后，徐丽立即变了一副嘴脸：“死丫头，居然敢坏我的好事！立马给我滚回家去，把嘴巴管好，别给我乱说话，听见没有？”

头顶有惊雷炸开。沈余觉得自己好像得了耳鸣，又好像没有。那每句话都犹如刀子般残忍地戳进她的心窝里，瞬间百孔千疮。

徐丽见她不回应，气得伸手重重戳了戳她的脑袋瓜，然后才扭着腰离开。

沈余伸出去抓她衣袖的手落了个空，无力地垂落。当路边等候的汽车绝尘而去，她蓦地脚一软，跌坐在地上。明明早就知道这个她称为“妈妈”的女人不爱自己，却为什么还是痛到无法呼吸？

头顶又是一阵惊雷，紧接着阴沉了许久的天空下起了瓢泼大雨。啪嗒啪嗒，豆大的雨水砸下来，眨眼就打湿了她的全身。刺骨的冰凉从肌肤一寸寸浸入心底最深处，冷得她浑身打颤。周遭行色匆匆的路人们纷纷撑起了手中的伞，也有没带雨伞的路人在雨中拔足狂奔。可是怎么办？她不仅没有伞，还丧失了在大雨里狂奔的勇气……这一幕幕犹如压死骆驼的最后一根稻草，她终于再也承受不住，抱着膝盖就那么坐在大雨里，号啕大哭起来。

言峥找到沈余的时候，她正狼狈地坐在大雨里悲伤大哭。他心头一紧，当下顾不得其他，朝她所在的位置狂奔而去。

头顶的雨水骤停，沈余慢了半拍，抬起头来，竟然又看到了言峥。雨水打湿了他的半个肩膀，他却犹不自知，那双好看的眉眼满满都是担忧。

沈余伸手想抹去自己的眼泪，谁知眼泪却愈发汹涌。她带着哭腔问：“你来干什么，看我的笑话吗？”

言峥没有说话，弯腰拉起她的手就往家的方向走。亲爱的女孩，人生是一条未知的路，但请不要害怕，努力前行，一切艰难险阻终将变为坦途。

有温热自掌心交汇处一路蔓延，一点点融化沈余冰冷的心。她目不转睛地看着旁侧之人好看的眉眼，忽然就生出了无限勇气。那些令她窒息的悲伤和绝望，再也没办法将她压垮。

扑通、扑通——

真奇怪，她居然听到自己心脏飞快跳动的声音。她呆了呆，随即连忙慌乱地伸手捂住了自己的胸口，仿佛这样就能让胸腔里这颗突如其来疯狂跳动的心恢复原来的频率。

言峥似有所察，转过头来，看到她这幅模样，脸上的紧张和关切愈甚：“怎么了？是不是哪里不舒服？”

昏沉阴暗的下雨天，少年担忧的眉眼成了沈余眼里唯一耀眼的光。那一刻，漫天雨声都远去，她只听见自己急促的心跳声在耳际回荡，震耳欲聋。

沈余也不知道自己怎么，不受控制般伸手抚上了少年紧蹙的眉宇，紧接着未经大脑的话语便脱口而出：“你怎么都不笑啊……”

少女的声音很轻，似呢喃，又似自问，却犹如一颗石子投入了言峥早起波澜起伏的心湖，于是海浪翻涌。他蓦地嘴角一扬，展眉无声笑起来。冷峻的眉眼因为这一笑，霎时柔和下来，犹如春风拂过，吹散了大雨带来的阴霾与寒冷。

沈余大脑瞬间空白，时间仿佛定格。她眼里心里都只有眼前这个看着自己温暖微笑的少年。

她怔怔地看着他许久，无数与之相关的片段在脑中纷涌。他耐心给她讲解题目的样子，他焦急地背着她回家的样子，他坚定地站在老师面前维护她的样子……

那长久以来心底深处说不清道不明的情愫，在这一瞬，豁然开朗。

下一秒，她落荒而逃。

[2]

如果不是言峥主动来找，在家里躲了两天的沈余可能会继续当缩头乌龟。实际上，最开始她听到门外传来言峥的声音，是想假装自己不在的。奈何被对方一语戳破。

她只好硬着头皮打开门："什么事？"

言峥站在门口看她蓬头垢面的样子，不答反问："吃饭了吗？"

"他们都不在家，我给自己煮了泡面。"

言峥想请她去自己家里吃饭，想起她的自尊心以及她这两天躲着自己的行为，话到嘴边还是放弃，转而说出敲门的目的："老师打电话来我家，叫我们俩回学校上课。你想什么时候去？"

沈余对于这个结果并不是很意外。因为从小到大，只要有言峥在，一切都不是问题。她想了两秒，说："今天下午吧。"

她并没有做错事，没必要胆怯和羞愧。

言峥没有多问，只说："到时候我喊你。"

沈余点点头，没说话。

言峥却没有转身离开，只是目光灼灼地看着她。沉默在空气中一点点聚拢，沈余有些心虚地垂下双目以避免对视，"呃，泡面糊了不好吃，先不说啦！"

言峥站在门口盯着被关上的大门，无奈地笑了笑。不过怕什么？余生这么长。

对于沈余的返校，最开心的莫过于江江了。而一向与沈余不对盘的罗菲儿，在看到沈余和言峥同时出现，为了在言峥面前留个好印象，选择了忍耐。

不过一周之后，罗菲儿突然怒气冲冲跑到沈余的课桌前，大声指责道："沈余，你这个害人精！"

"什么意思？"

"都怪你！如果不是因为你，裴禹哥哥就不会被裴伯父送到国外去！我都没有跟裴禹哥哥告别……"

沈余听着罗菲儿的控诉，不由想起那天下午在江南里小区撞破的事情，顿时无声沉默。她理解裴禹得知自己父亲出轨时的心情，却无法原谅他的做法。尽管她也为自己母亲的做法感到愤怒和羞耻，可她又何其无辜？

就在这时，一旁的言峥突然从课外书中抬起头来，看向罗菲儿：“罗菲儿，你有没有听过一句话？”

“什么话？”罗菲儿见言峥难得主动搭理自己，问道。

“欲加之罪，何患无辞。”言峥无视罗菲儿青红皂白的脸色，低下头继续看书。

沈余因为言峥的维护，表面努力装作若无其事的样子，但内心一阵窃喜。

罗菲儿看到沈余极力掩盖却还是溢出嘴角的笑意，怒瞪了她一眼，然后气呼呼地回了自己的座位。

沈余偷偷看了言峥一眼，轻轻说了声：“谢谢！”

言峥的反应一如从前。沈余有些欲言又止，踌躇了会儿，最后什么都没说。

随着裴禹的离开，徐丽与裴正国的婚外情一事似乎就这样云淡风轻地过去了，谁也没有再提起。但是沈余知道，她再也没有办法像之前那样面对自己的母亲了。

而在察觉自己对言峥的心意后，沈余当了很久的缩头乌龟。沈余每每见到言峥总是欲言又止，但最终仍什么也没敢追问。她害怕问出那句话后，彼此之间现有的关系会被打破，害怕彼此连朋友都没办法当，也害怕自己又一次自作多情。

日子如水般滑过，高中的第二个学期就这样进入了尾声。

言峥没有参加期末考试，而是在七月初就和国家代表团一起公费出国参加国际化学奥赛了。沈余因为没能在言峥出发前亲口送上自己的祝福，所以在言峥离开后连续懊恼了好几天。

这天，江江和沈余一起放学回家。江江盯了好友打量了好一会儿，然后伸手摸了下好友的额头，顿时有些纳闷："没发烧啊！怎么我的偶像一走，你就魂不守舍的？有这么严重吗？偶像不是过几天就回来了吗？"

"别胡说八道，我才没有……"

"你敢说你不是因为我偶像？"

"……"沈余语塞。虽然是因为言峥，但这原因差很多好吗？

江江看她憋红的脸，笑眯眯拍了拍她的肩膀："小鱼儿你就放心吧。按照我偶像的能力，肯定会抱个金牌回来的。你呢，就安心准备期末考试好了。对啦，高二分班，你想好选文科还是理科了吗？"

"还没有。你呢？"说到分班这件事，沈余也很困扰。

一方面，理科要学物理啊，沈余有点担心自己选了理科，物理这门科目会跟不上。可是选择文科的话，肯定会和言峥不在同一个班级的吧？更何况她对文科好像也没有特别地喜爱。哎，学渣的人生真是让人郁闷啊！

不同于沈余的纠结，江江答得干脆利落："我肯定选理科！在追随偶像的道路上岂能拐弯？”

沈余听到她冠冕堂皇的理由，毫不留情地戳破她的谎言：“你是怕上地理课吧？”

江江笑嘻嘻揽住她的肩：“要不要一起读理？说不定咱们有机会同班哦！更何况你从小都和言峥同班，你舍得和他分开？”

如果是之前，沈余肯定会毫不犹豫地选择文科离言峥越远越好，但现在她很纠结。因为她搞不清自己的心，也搞不懂他的心。沉默了好长一会儿的沈余，突然抬起头来，请教江江说：“江江，我是说如果哈，如果你突然发现自己喜欢上了一个从小到大都很讨厌的人，你会怎么做？”

江江听完，眼睛一亮，压低声音神秘兮兮道：“你说的是你和我偶像吧？”

“你怎么猜到的？”话刚说完，意识到口误的沈余连忙惊慌失措地捂住自己的嘴。

“看吧，我就知道！”江江激动得手舞足蹈，“你知道吗？其实上学期我有一回放学撞见过你们哦！不过，那时候你跟裴禹共撑一把雨伞走了，然后我偶像拿着两把伞独自一个人站在角落里默默看着你们离去的背影发呆。对了，当时罗菲儿也在！她很生气地质问偶像为什么喜欢你，说就算偶像对你很好，你也不会领情，还说你喜欢的人是裴禹……你知道偶像回了一句什么吗？他说，那又如何。”

沈余早就因为江江的话，惊得目瞪口呆了。她一把抓住江江的手臂，确认道：“你说的都是真的吗？”

江江点点头，感慨道，“我就是那个时候沦为偶像的脑残粉的。学习好、长得帅、又痴情，简直千年难遇啊！”

沈余仍然有些不敢置信。言峥原来……原来……也是喜欢她的吗？

江江打量了一下沈余的表情，好奇道：“你是打算告白吗？”

沉浸在自己思绪里的沈余久久没有出声。此时此刻，她还能清晰记得猛然发现自己喜欢言峥时那瞬间的心情。那种感觉，仿佛下一秒，心脏就要从胸口跳出来一般，紧张却又喜悦的令人几乎要窒息。太奇怪了，她以前怎么会蠢笨地以为自己讨厌言峥呢？这大概就是所谓的当局者迷吧？

江江看着眼前的女孩一会儿皱眉一会儿傻笑的模样，忍不住笑起来。很快，她笑容微敛，正色道：“沈余，如果喜欢，请不要放弃。虽然学校不允许早恋，但你们可以等到上大学啊！无论最后会如何，至少你下半辈子不会后悔。”

沈余听到江江的最后半句话，脸上露出一丝轻松后的笑意：“我这辈子都才开始，操什么下半辈子的心……”

“我说真的，你看，平常在学校，我偶像有搭理过其他女生吗？除了你！至于我，也不过是看在你的面子上啊！你都不知道，每次我对你动手动脚，偶像就会用很可怕的眼神看着我，吓得我都不敢跟你勾肩搭背了！还有啊，你以为偶像抓着你去他家做考卷，真的是因为要折磨你？那是在变相帮你提升成绩好嘛！你有看到偶像对其他女生这样子吗？我现在十分怀疑偶像混到补习班里当老师，也是因为你的存在！”

江江一口气说完，拿出随身携带的水杯猛地往嘴里灌了一口水，又下了一剂猛料：“你知道有大学来找言峥谈保送的事情吗？”

“啊，什么时候的事情？哪所学校？”

“不久之前。我也不知道哪所大学，据说是国内一流学府。”江江鼓励地拍拍好友的肩膀，“所以啊，加油吧少女！因为年少的喜欢，弥足珍贵，且不可复得。”

沈余没有立即表态。

可一直到期末考试结束，她脑海中都还萦绕着江江说的那句话——

年少的喜欢，弥足珍贵，且不可复得。

期末考试全部结束的那天下午，高一（1）班的学生们按照班主任的要求全部回到自己班上，听老师布置暑假作业，以及各种学生暑期安全注意事项。

在交代完这一系列事宜后，张燕说了一个喜讯，那就是言峥在国际化学奥林匹克竞赛上获得了金牌，同时还赢得了理论竞赛成绩的第一名！

沈余第一反应就是果然不愧是言峥！只是想到那么优秀的他，再想想学习成绩一般的自己，不免有些泄气。高考是个分水岭，到时候他与她终究还是要分道扬镳的吧？

罗菲儿听到这个好消息，开心地叫赵心怡等人解散后别回去，她请大家喝奶茶。结果无意间瞥见沈余喜笑颜开的样子，顿觉刺眼。

于是等老师宣布全体解散，她立即绕到沈余的座位前："沈余，你还真是喜新厌旧。眼见够不着裴禹哥哥，立即就缠上了言峥。你以为你跟言峥会有以后吗？他会被保送全国一流学府，而你，大概勉强只能混个三流学校吧。所以，别痴心妄想了，言峥是不会喜欢你的！"

沈余并没有因为罗菲儿的话而生气。相反，罗菲儿的话令她茅塞顿开。如果她现在加倍努力的话，那么两年后的高考，说不定有希望与言峥考上同一所大学？可如果不努力，她就连那一丝渺茫的希望都不会有。

"罗菲儿，谢谢你！"沈余激动地伸手抱了一下罗菲儿，然后满面春风地跑出了教室。

罗菲儿站在原地，呆若木鸡。沈余疯了吗？

[3]

言峥归来的那一天，阳光热辣，天空中的几缕浮云飘成了一个可爱的笑脸。

沈余站在楼下翘首以盼，终于在热得快要中暑之前等来了言峥。他穿着简单的白色T恤，身上背着一个书包，手上拎着一个袋子，走路的姿势一如既往挺拔。

她兴奋地冲上前去："言峥，你终于回来啦！你要是再晚点回来，可能要帮我打急救电话了……袋子重不重？我来我来。书包呢？书包重不重？我来帮你背……"

言峥看着手里瞬间被抢过去的袋子以及被强行拽下来的书包，嘴角微微抽了抽，"沈余，你再不进去，倒下的那个人可能会是我。"

沈余连忙不好意思地松开拽着书包的手。

"你在楼下干吗？"言峥边走边问。这家伙躲了他好几个月，今天居然这么主动？太稀奇了。

沈余笑眯眯地说："我在等你呀。我听老师说你这次去比赛获得了国际大赛的金牌，为了庆祝这件大喜事，我特意花巨资买了个蛋糕帮你庆祝，我们快点上去吧。"

"庆祝？"言峥斜睨了她一眼，"我获奖跟你有何关系？"

沈余答得理所当然："庆祝你获奖的同时，顺便庆祝我居然能认识像你这么厉害的学霸啊！"

"……"言峥无语。两人走进楼里，言峥无意间扫到墙壁上贴着的停电通知单，随口问了句："你斥巨资购买的蛋糕现在放在哪里？"

"我家冰箱。"

"……什么时候买的？"

"早上。"

"心意我领了，蛋糕我就不吃了。"

"放心啦，蛋糕的保质期挺长的。"

“……”言峥复杂地看了沈余一眼，径自上了楼。

不知其中深意的沈余连忙追了上去。把东西放回言峥家之后，她兴致勃勃地跑回自己家里取蛋糕。结果，冰箱门一开，她就“啊”一声惨叫了起来——

“谁动了我的蛋糕？”

言峥从自家缓步走出来，立在她身后，往冰箱里一瞧，果不其然，那个某人花“巨资”购买的三寸蛋糕，奶油全化了，糊成了一坨。他正要告诉她真相，结果就听到她用纳闷的口吻说：“咦，我家冰箱怎么也坏掉了？”

言峥微微抚额：“沈余，你这个智商到底是怎么活到现在的？你在楼下站了那么久，就没有看到墙上贴的停电通知？”

“啊？”

“早上八点半到晚上六点之间停电。”

“怪不得早上的电风扇也不会转了，我还以为坏了。”沈余流下了伤心的眼泪。她盯着自己的蛋糕瞧了许久，转过头可怜兮兮地对言峥说，“虽然它没了美貌，但它味道是一样的。而且我们吃的不是蛋糕，也不是我的钱，是我的一片真心啊！所以，要不要一起干掉它？”

言峥无语了半响，最终在她期盼的目光中，默默吃了一小块。

待他吃完蛋糕，沈余立即凑了上去，“言峥，你选了文科还是理科？”

“理。”

“哎嘿，我也选了理科！”沈余顿了顿，话题一转，“那什么，你之前说的做考卷抵债，现在还算数吗？”

言峥诧异地看向她，有些不太明白她想干什么。高一下学期发生了太多事情，所以言峥去参加集训回来后，他们并没有继续。但是她之前明明很不情愿……

沈余迎着他不解的目光，认认真真说出自己的心里话：“言峥，我也想努力一次。所以，你能不能教教我？”

她希望，有朝一日，她能与他并肩站在同一所大学里。

言峥听到她的话，很是意外。他端详了她许久，想问些什么，最终什么都没问，只说了五个字：“从明天开始。”

言峥说完就回到自家去了，留下兴奋的沈余在原地直转圈。

当言峥去而复返，看到还在转圈的沈余，顿时一脸黑线：“沈余，你傻不傻？”

沈余停下转圈的动作，对着他傻乐。

言峥莫名也被她感染了快乐，细微地扬起了嘴角。他将手中的袋子递过去，“这是我在国外买的一些特产。”

顿了顿，他补充道：“顺手买的。”

沈余接过袋子，发现里面绝大多数都是吃的，当中还有一个精致的小礼盒。她将袋子合上，笑得眉眼弯弯：“谢谢你特意给我买的礼物！”

言峥轻咳了声，不自在地转身就走。在他身后，少女捂着嘴偷乐。阳光从窗外照进来，金色的尘埃在空中翩跹起舞，岁月静好。

第二天一早，沈余就抱着课本以及暑假作业去找言峥了。她一改之前的消极态度，但凡遇到不懂、不理解的问题，就一直请教，直到真正明白和掌握为止。铆足了劲的她，就犹如一块干燥的海绵，拼命吮吸着知识的甘霖。

偶尔也有一些题目，无论怎么教沈余都转不过弯来，言峥也会气得骂她脑子是一条直线，但是转头又换了一种通俗易懂的方式来教她。而沈余在言峥家结束当天的学习之后，回到自己家里，还会继续巩固所掌握的知识点，有时候身体疲倦了，精神还很亢奋。

言峥将这一切看在眼里，既欣慰又心疼。

所幸这一切努力和付出，都没有白费。

当暑假过半，沈余的成绩有了显著的提升。

"我考得怎么样？"沈余打了个哈欠，忐忑地看着言峥。

"不错，比我想象的要好很多。"

"那就好……"沈余又打了个哈欠，顺势趴在了书桌上。

言峥看着她眼下浓重的黑眼圈，将手中自制的几张测验一收："今天休息，你回去好好睡一觉，其他事等你睡醒再说。"

话音未落，言峥发现沈余已经趴在书桌上睡着了。他喊了她好几声，都没有得到回应，于是只好放弃，转身去找来薄外套替她披上。

等沈余从睡梦中醒来，已经是傍晚时分了。

她揉了揉惺忪的睡眼，茫然地看着周遭的一切，有些搞不懂自己怎么会睡在言峥的床上。她记得自己明明是坐在桌旁的……

噢，她当时太困了，然后好像一不小心就趴在桌上睡着了。

言峥听到房间里的动静，敲门走了进去，“起来洗个脸，准备吃晚饭，都是你爱吃的。”

沈余看到言峥这个正主，连忙翻身爬起来：“对不起啊，我也不知道我怎么会睡在这上面……”

“你忘了吗？中途你自己爬到床上去的。”言峥本来还担心她趴着睡不舒服，结果他就出去倒了杯水的工夫，睡得迷迷糊糊的她就自己爬床上了。

“呃……”沈余得知真相之后，一脸窘迫。

“出于人道主义精神，我只好把房间让给你了。”

“对不起……”

“真觉得抱歉的话，改天陪我去一个地方。”

“什么地方？”

“到时候你就知道了。”言峥卖了个关子。

直到隔天，站在目的地门口，沈余才知道言峥说的地方居然是欢！乐！谷！

沈余一脸鬼马地问言峥：“我们这是在变相约会吗？”

言峥有些不自在地避开她的目光，坚决不承认自己的意图：“这是对你这段时间努力学习的犒赏。”

“谢谢言老师。”沈余朝他扮了个鬼脸。

欢乐谷里的游玩项目非常多，两人一进门就听到极速飞车项目上传来此起彼伏的尖叫声。沈余跃跃欲试：“我们去坐这个吧？”

“你确定？”

“非常确定！”

言峥敬佩地看了她一眼，然后领着她去排队。结果，沈余全程都闭着眼睛在尖叫。项目结束之后，工作人员询问是否想要购买照片，沈余看着表情狰狞的自己，当场拒绝。她先一步走了出去，因此没有看到后头的言峥将那张照片买了下来。

其间，沈余还拉着言峥去坐了聚能飞船。站在几十米高的观光平台上，眺望着眼前的景色，沈余忽然问身旁的言峥：“你将来想去哪所大学？”

言峥闻言，侧过头去看了她一眼，缓缓露出微笑：“全国排名第一的那所，要一起吗？”

沈余愉快地接过他抛过来的橄榄枝以及即将面临的挑战：“好，我会好好加油的！”

一天下来，两人几乎把欢乐谷的项目都玩了一圈。沈余在那些刺激的游乐项目里，把喉咙都喊沙哑了。这几个月、甚至长久以来，压抑在内心深处的悲伤难过愤怒哀愁，似乎都在这尖叫和呐喊声里得到释放。

晚上，两人踏着月光回到家门口，言峥突然想起一件事。

“姥姥生病了，我明天要陪父母去看她，应该还会住几天。你别偷懒，回头我要摸底的。”他顿了顿，又加了一句，“也别太拼命，注意劳逸结合。”

沈余弯着眉眼点了点头：“你放心吧，我都记住啦！等你回来，我有话想告诉你。”

那未曾说出口的话，她打算统统都告诉他。

少女晶亮澄澈的目光里，溢满了真真切切的欢喜。不知怎的，言峥忽然想起自己曾看到过的一句话：这世上最好看的风景，都比不上你看我时，含笑的眼睛。

这个时候的他们，都以为余生还有许多的时间，那些还不曾开口的话，总会找到适当的时机说明。

然而，世事总是难料。

几天之后，言峥与父母回到家，突然发现对面的沈家搬空了！

他顾不上父母诧异的目光，疯了一般冲到那套未关门的空房子里。几十平方米的房子他来来回回转了无数次，最后才敢相信自己眼睛所看见的事实。他在沈余曾经的房间里，枯坐了一整天才终于接受沈余不告而别这个事实。

等言峥沉默地回到自己家中，夏明月立即温声说：“你爸爸今天打电话去单位询问，说是小余的爸爸临时辞职了，他们一家好像去了外地。这是我在门缝里找到的，应该是小余留给你的。”

夏明月将手中原封未动的贺卡放在自己的儿子手中。

言峥面无表情地打开贺卡，在看完那上面的话之后，毫不犹豫地将贺卡撕掉扔进了纸篓里，转身将自己关进了房间里。

夏明月察觉到儿子的怒意，又担心他会后悔今天的行为，连忙将那张被撕得七零八碎的贺卡捡了回来。

等她花了很长时间将贺卡拼好，她才发现，原来贺卡上写的话是这样的——

“言峥，如果我考上大学，我们在一起吧！”

结局

两年后。

国内某一流学府的新生典礼上，言峥作为新生代表上台致辞，结果就在他准备下台的时候，突然被上台送花的女生给扑倒了……

女孩从花束中抬起一张欲哭无泪的脸："言峥，对不起啊！看到你，我的脚就不受控制了。苍天可鉴，我真的不是故意要扑倒你的……"

言峥看到女孩熟悉的眉眼，整个人如被闪电劈中，愣在当场。过了好一会儿，他终于反应过来，黑着脸，咬牙切齿道："沈余，你的手放在哪里？"

"啊，对不起、对不起，看到你，我的手也不听使唤了。"沈余连忙拿开自己按在他胸部的双手，笑嘻嘻看着他，"好久不见，你有没有想我？"

"你是谁？我认识你吗？"言峥冷笑着起身离去。

此刻若无其事出现在我面前的你，一定不会知道吧？发现你消失的那天，我心碎不已。

"……"沈余默。完了，某人生气了……后果好像还挺严重……

——全文完——

番外

1

自打沈余在新生典礼上不小心扑倒言峥之后，校园里谣言四起，说是某某专业有个脸皮比城墙还厚的大一新生假借送花之名，对本校新晋男神言峥行调戏之实，还有说该女生正在狂追言峥。谣言这种东西传着传着，后来就面目全非了。就比如说，送花的女生丑得人神共愤，吓得言峥每次看到她就绕道。

室友们听到这些流言蜚语义愤填膺，回寝室纷纷跟沈余表达了自己的愤怒，“太可恶了！虽然言峥长得帅又优秀，但咱们寝室一枝花哪里差了？要颜值有颜值，要能力有能力，追求者从寝室排到了校门口好嘛！”

沈余听了之后嘿嘿一笑，说：“不是谣言，是事实，我确实在追言峥。那个大家有没有什么好的计策贡献几条？言峥现在对我退避三舍，搞得我都要以为自己是一颗毒瘤了……”

室友们恨铁不成钢：“沈余你能不能有点出息？四年大学生活刚开始，你连人都认不熟，怎么就要在一棵树上吊死了呢？”

“那有什么，这棵树我两年前就想爬上去了！”如果不是突如其来的搬家，她与他何至于这般光景啊！

“……”室友们目瞪口呆。

在初步了解了沈余与言峥的孽缘后，大家纷纷出招，帮助沈余早日翻身把歌唱。简单概括为以下四点：第一、坚持不懈；第二、积极进取；第三、辗转思量；第四、欲擒故纵。

翻译为大白话即，死皮赖脸、不断主动、用点脑子、给自己放个假。

[2]

为了方便作战，沈余请神通广大的室友帮忙收买了言峥寝室的一哥们，然后成功获取了言峥的课程表。第二天，她就找言峥偶遇去了。

某选修课上，沈余顺利霸占了言峥身旁的位子。

她把准备好的早餐放在他面前，见他一动未动，便笑嘻嘻道：“没想到我也报了这节选修课吧？你是不是觉得现在像在做梦？”

言峥闻言，嘴角微微抽了下：“我但愿这是一场梦。”

“……为啥？”

“因为，”言峥微微笑了下，“噩梦会醒。”

“……”她怎么就成了他的噩梦了呢？沈余觉得自己内心受到了伤害！

言峥没理她，起身跟同寝室的室友换了个座位。沈余气鼓鼓地瞪了言峥许久，最终将目光投向身旁这个破坏她与言峥培养感情的第三者。此君事后跟言峥抱怨，他一节课都没敢仔细听讲，因为沈余的眼神太有杀气了。

[3]

学校食堂太多了，沈余摸不准言峥会去哪个食堂，她只好有空没空就去离言峥寝室最近的那个食堂转悠转悠。

这天，她刚走进食堂，恰好就看见言峥独自坐在离她不远的座位上。她立即三步并作两步跑去打好饭菜，然后故作从容地端着饭菜在他面前的位子坐下。

“一个人吃饭多没意思啊……”

沈余的话刚起了个头，随即就被对方打断：“我不是一个人。”

“啊？”沈余愣住。

“另外两个朋友去买饭了。”言峥的视线落在了她身后。

“……”沈余顺着言峥的视线扭过头一看，只见言峥的两个室友正人手端着一份饭菜站在自己身后。她一口气憋在胸口差点没上来，好一会儿才涨红着脸道：“我是说我。”

这顿饭，最终在沈余与言峥两位室友的尬聊声中结束。而言峥，因为嫌弃他们三个太吵，半路端着盘子坐其他地方去了……

沈余气得胸疼！

[4]

沈余在室友们的支招之下，对言峥开启了猛烈的攻势。然而言峥就跟油盐不进的神仙一样，不为所动。

某一天，沈余越想越郁闷越想越气愤。她直接冲到言峥面前，单刀直入：“言峥，你到底在生什么气，你不告诉我，我怎么会知道呢？”

“……”言峥神色复杂地看了她一眼，失望地转身离开。

沈余为此黯然神伤许久。

寝室的室友们看不下去了——

“虽然言大学霸条件不错，但是他也太爱生气了吧？要不咱们就算了吧？”

“就是，言大学霸的怨念也太强了！”

“上次追男生的步骤，其实还有最后一点：故作轻松。意思就是，真追不上也是命，不如就此放弃？”

沈余顶着一头乱糟糟的头发，从床上幽幽地探出头来：“可能他的自尊心打了肉毒杆菌吧……”

“噗——”室友们不厚道地笑喷。

大家都以为沈余受到的打击太大，可能要再休整休整。谁知道第二天，她们从外面回来，就看到沈余手拿着一支笔，坐在桌前做思考状。

大家好奇地瞟了一眼她面前的粉色信纸，问：“沈余，你干吗呢？”

“……你们知道情书怎么写吗？”

“……”

【5】

亲爱的言峥：

这几天来，你失望的眼神一直在我脑中浮现。然后，我仔细回想了一下我们的过往，蓦然发现，之前对你视而不见的我，还真是可气啊！

这么多年以来，你一直站在我身后，只要我想，只要我愿，触手可及。可我几乎不曾转过身去，好不容易转身一次，却又不告而别了。

我现在的难过，应该不及你的万分之一吧？

我知道你肯定很生气很生气，我也知道你一时半会儿是不会消气的。可是这迟了无数个日夜，深埋于心的话，我依旧想说给你听。

我亲爱的高冷少年，我也喜欢你呀！

真抱歉让你等了我这么多年，这一次，换我来等你。

爱你的小鱼儿

后记

当年岁渐长，愈发容易怀念起曾经的青春时光。那些肆意的、张扬的、荒唐的，如今回想，无论笑或泪，都让人怀念不已。

所以，在迈入人生新阶段的二〇一八年，我写了这个全新的《韶光》系列。新系列第一本，讲的是关于言峥与沈余这对青梅竹马的故事。

一个是外表高冷、内心却细腻的少年，一个是倔强、敏感、自尊心强的少女。究竟什么时候喜欢上彼此的呢？谁也说不清楚。一开始总以为彼此相看两厌，却原来，讨厌的另一种说法，是喜欢。所以这个世界上，我最讨厌的人啊，其实是我最喜欢的那个人。

亲爱的少女们，你们呢？在你们的青春里，可曾有过最讨厌的人？

PS：

关于言峥与沈余的旅程还将继续，如果我勤快一点，我们下半年就可以再见啦！

2018年01月16日